GW01159023

Mountainbike Abenteuer

Stefan Pastor

Steve & Wheelie Band 5

Der Geheimauftrag am Blauen Fjord

Ein sicherer Hafen

Der Autor alleine
mit dem Kanu auf
großer Fahrt.
Kanada, 1985
Die Ereignisse
auf dieser Tour dienten
als Inspiration für das
Kapitel "Ein Kajak im Fjord".
Foto: Kamera mit Selbstauslöser

Impressum:

Copyright © 2024 Stefan Pastor
All rights reserved. Alle Rechte vorbehalten.

Verlag: BoD · Books on Demand GmbH, In de Tarpen 42,
22848 Norderstedt
Druck: Libri Plureos GmbH, Friedensallee 273, 22763 Hamburg
Digitalsatz: Maria Siebenhaar, Rehau
Idee, Zeichnungen und Text: Stefan Pastor, Rehau
Layout und Umschlaggestaltung: Stefan Pastor, Rehau

Bibliografische Information der Deutschen Nationalbibliothek
Die Deutsche Nationalbibliothek verzeichnet diese Publikation
in der Deutschen Nationalbibliografie; detaillierte
bibliografische Daten sind im Internet unter www.dnb.de
abrufbar.

ISBN: 978-3-7693-0325-4

Dieses Buch gehört:

Mein Bike:

Mein Bike und Ich

Stefan Pastor wird am 18. Dezember 1962 in Deutschland geboren. Schon als Kind liebt er die Natur und träumt von Abenteuern und vom Leben in der Wildnis.

Im Alter von 19 Jahren erfüllt er sich seinen größten Wunsch und fliegt nach Nordamerika, wo er auf sich allein gestellt zunächst drei Monate lang Kanadas Westen durchstreift. Von einem Kanadier erhält er den Kurznamen Steve, den er fortan während zahlreicher Aufenthalte im Land beibehält. Geld verdient er im Forstbetrieb. Mit dem Studium der Naturwissenschaften auf dem Zweiten Bildungsweg realisiert er seinen nächsten Lebenstraum und arbeitet freiberuflich als Biologe.

Während einer Tour mit dem Mountainbike, mit dem er leidenschaftlich gerne das heimische Mittelgebirge erkundet, hat er die Idee zu einem Comic – den Abenteuern von Steve und seinem sprechenden Mountainbike Wheelie.

Bisher erschienen:

Deutsch	ISBN 978-3-8482-5152-0	Steve & Wheelie - Mountainbike Abenteuer Band 1	Biker, Bär und Erdnussbutter
	ISBN 978-3-7347-3393-2	Steve & Wheelie - Mountainbike Abenteuer Band 2	Die Blockhütte am Eriksee
	ISBN 978-3-7481-6525-5	Steve & Wheelie - Mountainbike Abenteuer Band 3	Paul und Henriette
	ISBN 978-3-7481-6525-5	Steve & Wheelie - Mountainbike Abenteuer Band 4	Die Jagd nach dem Pudilium
	ISBN 978-3-7693-0325-4	Steve & Wheelie - Mountainbike Abenteuer Band 5	Der Geheimauftrag am Blauen Fjord
English	ISBN 978-3-7386-3508-9	Steve & Wheelie - Mountainbike Adventure Volume 1	Biker, Bear and Peanut Butter
	ISBN 978-3-7386-3951-3	Steve & Wheelie - Mountainbike Adventure Volume 2	The Log Cabin at Erik Lake
	ISBN 978-3-7504-1633-8	Steve & Wheelie - Mountainbike Adventure Volume 3	Paul and Henriette

Inhaltsverzeichnis

Abbildungsverzeichnis

Vorwort

Wie alles begann

Es war ein schöner, sonniger Tag im Frühling und nur ein paar kleinere Wolken zogen langsam über den strahlend blauen Himmel. Ich war mit meinem geliebten Mountainbike auf Entdeckungstour. Der schmale Hohlweg, den ich entlangfuhr, war nur wenig benutzt. Sonnenstrahlenbündel fielen durch die Baumkronen des Waldes zu beiden Seiten des Wegs und brachten das frische, saftige Grün zum Leuchten. Ich rollte über einige knorrige Baumwurzeln, die den Weg durchzogen, bevor dieser den Wald verließ und als steiniger Pfad einen baumlosen Berghang querte. Auf der anderen Seite der Lichtung angekommen, führte er mich tief in das kühle Dunkel des alten Hochwaldes. Nach einem kurzen, steilen Anstieg erreichte er schließlich den Gipfel, um sich in einem Blockmeer aus Granit aufzufächern und die Aussicht auf die Felder, Wiesen und Wälder des Umlandes freizugeben.

War das herrlich! Eigentlich war ich schon länger unterwegs als geplant, aber ich konnte nicht genug davon bekommen, als einsamer Wanderer auf zwei Rädern nahezu lautlos durch die Landschaft zu streifen. Ich wollte noch nicht umkehren. Ich wünschte mir, ich könnte immer weiter fahren. Weiter und weiter, erkunden, was hinter dem nächsten Hügel liegt und wieder hinter dem nächsten. Ich träumte, die Hügel und Wälder würden niemals enden. Ich fuhr einen kleineren Steilhang hinab, als sich mein Tagtraum plötzlich verselbständigte. Was, wenn mein Mountainbike lebendig wäre und unser Leben ein einziges Abenteuer? Was, wenn es sprechen könnte und wir wären die besten Freunde, unzertrennlich und immer unterwegs, von Horizont zu Horizont, ohne jemals umkehren zu müssen?

Ich musste schmunzeln über diese Vorstellung, als es passierte: Meine Nase juckte. Nun, natürlich ist es normalerweise nichts Besonderes, wenn einem die Nase juckt. Aber meine Nase juckte dort, wo sie eigentlich nicht mehr jucken konnte, nämlich weiter vorne als sie bisher gereicht hatte! Ich schielte mit beiden Augen zur Nasenspitze. Das war nicht die Nase, die ich kannte, sie schien irgendwie gewachsen. Größer und runder als gewohnt war sie!
Ich nahm den kleinen Blechspiegel, den ich immer dabei hatte, um mir gegebenenfalls ein lästiges Sandkorn oder etwas Ähnliches aus dem Auge entfernen zu können aus der Tasche und blickte hinein. Heraus blickte ein lustig aussehender Kerl mit gelbem Strubbelhaar und einer gesunden, orangebraunen Gesichtsfarbe, die mich entfernt an einen Indianer erinnerte.

Ich blickte verwundert auf und sah in die Ferne. Nicht nur ich hatte mich verändert, auch die Umgebung war anders. Das Dorf, das ich noch vor einem Moment deutlich hinter den Wiesen sehen konnte, war verschwunden. Die Berge waren zu mächtigen Gebirgszügen gewachsen und die weiten, bewaldeten Täler waren durchzogen von wilden Bächen und Flüssen, die in türkisblaue Seen mündeten. Nichts als grandiose, urwüchsige Natur erstreckte sich um mich, soweit das Auge reichte.

Eine freundliche Stimme drang durch mein Staunen. „Da unten ist ein guter Lagerplatz, Steve", sagte mein Bike zu mir und lachte mich an. „Das ist ein schönes Fleckchen, Wheelie", antwortete ich, als ob es das Normalste der Welt wäre und lachte zurück. Wir machten uns auf den Weg hinunter zu unserem Lagerplatz an diesem Tag unserer langen Reise, mein sprechendes Mountainbike Wheelie und ich. Es war das Normalste der Welt.

Der Geheimauftrag am Blauen Fjord

Das Signal

„Vorsicht – heiß und fettig!", rief Steve und balancierte einen ansehnlichen Berg frischgebackenes Waldläuferbrot auf einem selbstgemachten Steinteller vor sich her. Eigentlich war es mehr eine dünne Steinplatte in ihrer natürlichen, unregelmäßigen Form, deren Ecken er ein bisschen abgerundet und deren Oberfläche er etwas poliert hatte, aber jedenfalls erfüllte sie ihren Zweck als flacher Servierteller. Maxl, dem Bären, war es sowieso egal, worauf sein geliebter Leckerbissen kredenzt wurde, Hauptsache er bekam etwas davon ab – und das war immer der Fall, wenn er Steve und Wheelie besuchte.
Maxl war ein intelligenter und außergewöhnlich freundlicher, aber dennoch wilder Grizzlybär. Er hatte Steve und Wheelie eines Tages geholfen, als sie sich inmitten eines großen Waldbrandes in einer äußerst misslichen Lage befanden, und seither waren sie Freunde. Wilde Bären darf man nie füttern. Das ist sehr gefährlich und auch nicht gut für die Bären, weil sie dann Menschen mit Nahrung in Verbindung bringen und Wanderer belästigen oder in Autos und Siedlungen einbrechen – was für alle ein schlimmes Ende nehmen kann. Genau genommen gilt das sogar für alle Tiere der Wildnis. Aber erstens gab es dort, wo Steve und Wheelie lebten, im Umkreis von

hunderten von Kilometern keine Straßen oder menschliche Siedlungen, sondern nur Steve, Wheelie und ihre Freunde, und zweitens, mit guten Freunden teilen, das darf man immer! Und Maxl liebte es, wenn Steve dessen Leibspeise, Bannock mit Erdnussbutter, mit ihm teilte. Wheelie aß nichts, aber er nahm gerne einen Schluck frisches Leinöl zu sich. „Das ist gut gegen Rost!", pflegte er zu sagen, wenn er das Öl genüsslich durch einen Strohhalm schlürfte.

Steve stellte die Portion Bannock auf dem selbst gezimmerten Picknicktisch ab, der vor der Blockhütte am Eriksee stand, wo er und Wheelie zusammen wohnten. Tisch und Bänke hatte er aus geschnittenen Bohlen gefertigt, die so stark waren, dass sie sogar einen Grizzlybären wie Maxl aushielten. Seine beiden Freunde hatten schon Platz genommen. Wheelie hatte wie üblich seinen Becher mit Leinöl vor sich stehen und Maxl saß am Tisch und wartete geduldig auf seinen Leckerbissen, die großen Tatzen artig links und rechts vor sich liegend. Die Sonne schien und es war ein herrlich milder Sommertag, wie gemacht für ein gemeinsames Essen im Freien. Steve nahm zwei Fladen Bannock und legte sie auf seinen Teller. Den größten Teil des Bannockbergs stellte er vor Maxl.

„Haut rein! Lasst es euch schmecken!", sagte er, während er sich setzte und in sein Brot biss. Maxl benutzte geschickt seine Krallen wie eine Gabel und schob sich einen ganzen Fladen auf einmal in den Mund. Er schloss verzückt die Augen und genoss den Geschmack der warmen, zerlaufenen, süß-salzigen Erdnussbutter. So etwas Leckeres gab es im ganzen Wald sonst nirgends, nur hier bei seinen Freunden! Sie aßen und tranken und ließen es sich gut gehen. Nach dem Essen standen sie auf und legten sich nur wenige Schritte neben dem Picknickplatz in den warmen Sand mit den vielen hübschen anthrazitfarbenen, rund gewaschenen Steinchen am Strand des großen, türkisblauen Eriksees. Den See hatten sie nach Erik, einem befreundeten Buschpiloten, benannt. Zufrieden lauschten sie dem leisen Plätschern der kleinen Wellen, die sanft gegen das Ufer liefen. Maxl lag etwas auf der Seite und Steve saß aufrecht mit dem Rücken gegen den mächtigen Grizzly gelehnt, die Arme vor der Brust verschränkt und beide Beine weit von sich gestreckt. Wheelie lehnte an Maxls Schulter. So dösten sie schließlich zu einem gemütlichen Verdauungsschläfchen ein.

Nach etwa einer Stunde wachten sie erfrischt und ausgeruht wieder auf. Steve stand auf und streckte sich. Wheelie rollte langsam neben ihn und dehnte seinen Lenker. Maxl erhob sich und stupste Wheelie freundlich mit seiner Bärennase an. Wheelie lachte. Dann drückte er seinen riesigen Bärenkopf gegen Steve. Beide kannten Maxls Abschiedsritual und wussten, gleich würde er sich davon trollen und bis zu seinem nächsten Besuch wieder im Wald verschwinden. Steve nahm beide Hände und wuschelte das zottelige Fell des Grizzlybären kräftig hin und her. „Mach's gut, alter Junge!", sagte er. „Brumm!", machte Maxl und tapste davon. „Tschau Maxl, komm bald wieder!", rief Wheelie ihrem pelzigen Freund hinterher.
„Es fühlt sich im ersten Moment immer komisch an, wieder allein zu sein, wenn man lieben Besuch hatte", meinte er nach einer Weile. „Was machen wir jetzt?" „Erstmal die Küche sauber, bevor der Teig eintrocknet", entgegnete Steve pragmatisch. Er gab sich immer Mühe, die Hütte in Ordnung zu

halten. Aber jedes Mal, wenn er Bannock machte – und das war praktisch jeden zweiten oder dritten Tag – klebte der Teig überall am Ofen, am Geschirr und auf den Tischen und Bänken. Ganz gleich, wie sauber und sorgfältig er damit begann, den Teig zu rühren und zu kneten, Brötchen zu schleifen oder Fladen zu rollen, früher oder später klebte irgendwie immer alles.

„Okay, du spülst und ich trockne ab!", rief Wheelie. Er konnte seinen Lenker bewegen wie Arme und zwischen den Bremshebeln und den Griffen Dinge greifen. Aber er mochte Wasser nicht besonders. Allein der Gedanke, das schmutzige Geschirr im kalten Wasser des Sees zu waschen, ließ ihn schaudern. Das überließ er gerne Steve. Er schnappte sich ein Geschirrtuch. Sie stellten die Schüsseln, Töpfe und Teller ineinander und gingen hinunter zum See. Steve füllte die Teigschüssel halb mit Wasser und benutzte den feinen Sand des Strands als Scheuermittel. So wurde alles wieder schön sauber. Er reichte Wheelie die nasse Schüssel und nahm sich den Topf vor.

„Es kribbelt", sagte Wheelie. „Was kribbelt? Das bisschen Wasser?", fragte Steve leicht verwundert. „Nein, mein Rahmen", antwortete Wheelie etwas abwesend. „Ping ist im Anflug!" Ping war ein Raumfahrer einer fremden Zivilisation, die seit vielen tausenden von Jahren andere Welten besuchte und erforschte. Er war der einzige Überlebende einer Forschungsmission, die bei ihrem Landeanflug mit einem Asteroiden kollidierte und abstürzte. Seither hatte es keine weitere Mission mehr gegeben. Ping hatte keinen Kontakt zu seinem Planeten und lebte in seiner Forschungsstation tief unter dem Höhlengebirge. Auch wenn er ganz alleine hier war und praktisch keine realistische Chance bestand, jemals wieder nach Hause zurückzukehren, führte er dennoch Tag für Tag diszipliniert und gewissenhaft seine Naturforschungen durch, so wie es ursprünglich sein Auftrag war. Er liebte seinen Beruf und das half ihm, mit seiner schwierigen Situation zurechtzukommen. Er wurde von geheimen Spezialeinheiten des Militärs gejagt, vor denen er sich mit Hilfe seines überlegenen Wissens und seiner hochentwickelten Technologie schützte. Seine Station und sein Forschungsshuttle wurden von einer mächtigen Energiequelle, dem Pudilium, gespeist. Gefährliche, skrupellose Leute versuchten Ping gefangenzunehmen und die Technologie seiner Basis für ihre eigenen, finsteren Pläne zu nutzen. Dieses zu verhindern, war wesentlicher Bestandteil seiner Aktivitäten. Steve und Wheelie hatten ihn vor etwa vier Monaten kennengelernt, als er wegen eines technischen Defekts mit seinem Shuttle abstürzte. Zusammen hatten sie dann das Pudilium und damit die Welt gerettet. Seither waren sie Freunde und Ping kam gelegentlich auf einen Sprung vorbei.

„Oh! Ping kommt zu uns? Wie schön!", freute sich Steve. „Am besten, wir backen gleich noch eine Portion Bannock! Sieht man ihn schon?" Steve kniff die Augen zusammen und suchte den Horizont nach dem hellen Lichtpunkt ab, den Pings Shuttle üblicherweise am Himmel abgab. Pings Schiff und Wheelies Rahmen hatten ähnliche Materialeigenschaften und dieselbe Schwingungsfrequenz. So konnten Ping und Wheelie in gewisser Weise über Pings Shuttle wie ein Sender und ein Empfänger miteinander über weite Strecken kommunizieren. Bei Wheelie erzeugte dies entweder ein Kribbeln im Rahmen oder eine Art Tagtraum-Bild, das er in seinen Inneren wahrnahm. „Er müsste jeden Moment auftauchen", sagte Wheelie und blickte nach Westen. „Ah ja, dort ist er!", rief er erfreut und deutete mit seinem Lenker in Richtung einer der mächtigen Bergketten, zwischen denen der Eriksee eingebettet lag. Wheelie hatte scharfe Augen und es gab nahezu nichts in seiner Umgebung, das ihm nicht sofort auffiel. „Jetzt sehe ich ihn auch!", rief Steve erfreut und blickte auf den hellen Lichtpunkt, der zwischenzeitlich an Höhe verloren hatte und sich nun unterhalb der Baumgrenze deutlich vom blaugrünen Wald eines Berghangs abhob.

Pings Shuttle flog sehr schnell, auch wenn er jetzt schon stark abgebremst hatte. Im nächsten Moment landete das Schiff, das aus technischen Gründen wirklich ziemlich genau so aussah, wie man sich eine fliegende Untertasse eben vorstellt, auch schon neben ihrer Hütte. Die Luke ging auf und Ping trat ins Freie. „Steve! Wheelie! Wie bin ich froh, euch zu Hause anzutreffen!" Ping schüttelte herzlich Steves Hand und Wheelies Lenkergriff. „Willkommen, Ping!", erwiderten beide erfreut. „Schön, dich zu sehen! Wie geht es dir?" „Gut. Aber ich muss etwas mit euch besprechen", kam er gleich zur Sache. „Das heißt, wenn ihr Zeit habt."

„Aber klar haben wir Zeit. Für dich immer!", rief Wheelie. „Das klingt geheimnisvoll", sagte Steve. „Komm, setz dich, dann können wir reden. Hast du Hunger? Ich habe Bannock gebacken", fügte er noch hinzu und deutete zum Picknickplatz. „Oh, ich könnte schon einen Bissen vertragen!", sagte Ping erfreut und setzte sich. Steves Bannock wurde allgemein sehr geschätzt, nicht nur von Grizzlybären. „Was möchtest du dazu trinken? Birkensaft? Tee? Ahornsirup mit frischem Quellwasser?" „Ahornsirup mit Quellwasser, bitte", antwortete

Ping. Nicht weit hinter Steve und Wheelies Hütte sprudelte jahrein, jahraus, bestes Wasser aus dem Boden. Natürlich konnten sie auch aus dem See schöpfen, aber manchmal war das gar nicht so leicht. Besonders zur Zeit der Herbststürme, wenn Wind und Wellen das Wasser aufwühlten und dann allerlei Ästchen, Blätter, Sand und Treibholz durcheinandergewirbelt wurden und die Gischt am Ufer hochspritzte. Die Quelle dagegen war immer schön sauber.

„Nun, was hast du auf dem Herzen, Ping?", fragte Steve, nachdem sie gegessen hatten. „Es gibt Aktivitäten unter den Bergen. Irgendwo im verlassenen Teil der Alten Anlage", begann Ping. „Du meinst, in dem Teil, der nicht von deinen Leuten gebaut wurde?", fragte Wheelie. „Ganz genau, Wheelie. Das Sicherheitssystem meiner Basis hat tief unter dem Berg ein periodisch wiederkehrendes, elektromagnetisches Signal festgestellt, das mit ziemlicher Sicherheit nicht natürlichen Ursprungs ist. Das sollte nicht sein. Die Gänge und Hallen sind seit Urzeiten verlassen. Niemand gelangt dort hin. Und schon gar nicht, ohne den Alarm in meiner Basis auszulösen. Und doch ist es da".

„Was bedeutet das?", fragte Steve. „Das bedeutet, ich muss herausfinden, was da vor sich geht", antwortete Ping. „Zur Sicherheit meiner Basis und meiner eigenen. Und auch der euren. Wir haben Feinde. Ich brauche euch nicht an die Soldaten der geheimen Spezialeinheit zu erinnern und die unbekannten Mächte, die hinter ihnen stehen. Außerdem gehört es gemäß meines Auftrags zu meinen Pflichten als Kommandant, die Station zu schützen und ihren Einfluss auf die Welt der Menschen so gering wie möglich zu halten", erklärte er. „Es gibt jedoch ein Problem", fuhr er fort. „Also, mindestens eines, bis jetzt. Ich weiß nicht, wo das Signal genau herkommt. Mein Computer hat kaum Informationen über diesen Teil der Anlage. Er ist einfach so weit verzweigt und so uralt, dass es im System nur wenig Aufzeichnungen gibt. Also musste ich nachsehen. Manche der großen Tunnel kenne ich von meiner Arbeit her. Wie ihr wisst, verwende ich sie manchmal als Abkürzung, wenn die Aktivitäten des Militärs draußen zu hoch sind, um sicher zu reisen. Zwar ist ihnen mein Shuttle technisch weit überlegen, aber ein Risiko birgt eine Begegnung dennoch immer. Ich bin also einige der Tunnel abgeflogen. Das Signal wurde jedoch nicht stärker und die vielen Seitentunnel, die ich erkunden müsste, um eventuell die Quelle zu finden, sind hunderte Kilometer lang und leider zu eng für mein Schiff. Deshalb dachte ich, vielleicht habt ihr eine Idee. Ihr beiden habt doch immer so viele gute Ideen."

„Hm", machte Steve. „Gibt es da unten Licht?" „Nein. Jedenfalls habe ich noch keine Beleuchtung entdeckt", antwortete Ping. „Das klingt kompliziert", sagte Steve. Wheelie hat zwar Licht, aber wir kennen uns dort nicht aus. Irgendwie müssen wir zu dritt da hinunter." „Wir? Ihr würdet also mitkommen?", fragte Ping erleichtert. „Na klar", rief Wheelie, „selbstverständlich helfen wir dir!" „Ich weiß allerdings nicht, was uns da unten erwartet. Es kann vielleicht gefährlich werden", gab Ping zu Bedenken. „Logisch", sagte Steve. „Aber wir haben Waldbrände, Winterkälte, Bären, Wölfe und die Sache mit dem Pudilium überlebt, das bekommen wir schon hin! Allerdings klingt das alles sehr nach der berühmten Nadel im Heuhaufen. Mehr Informationen wären doch hilfreich, bevor wir anfangen, dort unten zu suchen." „Das Signal ist sehr schwach und verzerrt. Ich dachte, wir erhalten vor Ort vielleicht ein besseres Messergebnis. Aber wenn ich so darüber nachdenke, hast du wahrscheinlich recht. Wir sollten erst einmal von außen versuchen, die Lage der Quelle einzugrenzen. Dazu müssen wir aber von zwei Punkten aus gleichzeitig messen. Ich kann jedoch nicht gleichzeitig den Computer der Station und einen zweiten am anderen Messpunkt bedienen", sagte Ping.

„Der einzige, der sich außer dir etwas mit deiner Computeranlage auskennt, ist Peter", überlegte Steve. „Meinst du, er könnte das?" „Nach einer Einweisung müsste er das hinbekommen", schätzte Ping. „So wie ich das sehe, haben wir nur mit Peters Hilfe eine Chance, das Phänomen in einer vernünftigen Zeitspanne zu untersuchen. Ich denke, es ist gerechtfertigt, wenn wir ihn um Hilfe bitten. Er wird das sicher gerne tun", sagte Steve. „Weißt du, wo wir ihn finden können?", fragte Ping. „Leider nein. Aber Professor Murpelius weiß vielleicht mehr", sagte Steve. Professor Dr. Dr. Dr. Viltwalt Murpelius war neben seiner Hochschultätigkeit ein äußerst wichtiger wissenschaftlicher Berater einer geheimdienstlichen Einrichtung und hatte Ping bei der Jagd nach dem Pudilium unterstützt.

„Eigentlich wollte ich den Professor erst informieren, wenn ich Gewissheit darüber habe, was dort vor sich geht", überlegte Ping laut. „Aber vielleicht ist es besser so. Suchen wir den Professor auf!" „Wann möchtest du aufbrechen?", fragte Steve. „So bald wie möglich", antwortete Ping. „Gut. Ich mache nur noch rasch die Küche sauber, dann können wir starten!" Steve schnappte sich zum zweiten Mal an diesem Tag das schmutzige Geschirr und ging hinunter zum See zum Abspülen. Wheelie ölte vorsichtshalber seine Kette, man konnte ja schließlich vorher nie wissen, wie lange so ein Ausflug dauert. „Wir sind abmarschbereit!", meldeten Steve und Wheelie nach einer knappen halben Stunde. „Wunderbar. Ich danke euch", sagte Ping. „Wir brechen sofort auf." Sie begaben sich ins Shuttle. Steve und Wheelie nahmen ihre gewohnten Plätze ein und Ping setzte sich in den Kommandosessel. Er legte die Hand auf die Steuerungskugel und das Schiff zischte los.

Abbildung 1: Das neue Abenteuer beginnt

Das Camp in der Tundra

Nach einem kurzen Flug hatten sie die tausend Kilometer zurückgelegt und die Stadt, an deren Universität Professor Murpelius lehrte, erreicht. Sie lag malerisch eingebettet in einem Ring aus grünen Wäldern und hohen, schneebedeckten Bergen, deren Ausläufer von Norden her bis direkt an den Stadtrand reichten. Ping landete in einem kleinen Tal nahe der Schotterpiste, die von einheimischen Buschpiloten gerne als inoffizielle Startbahn genutzt wurde, um Jäger, Bergsteiger, Angler oder Prospektoren und dergleichen in die Wildnis auszufliegen oder um Versorgungsflüge in abgelegene Camps oder zu einsamen Wohnsitzen durchzuführen.

Ping aktivierte den Tarnmodus seines Schiffes und augenblicklich passte dieses automatisch Farbe und Oberflächentextur so an seine Umgebung an, dass es nur noch schwer zu erkennen war. Steve und Wheelie stiegen aus, um den Professor aufzusuchen und ihn über Pings Anwesenheit zu informieren. Ping blieb im Shuttle. Auch wenn er von ähnlicher Gestalt wie ein durchschnittlicher Mensch war, wenn auch ein wenig kleiner, so verriet ihn doch seine azurblaue Hautfarbe sofort. Natürlich hätte er sich maskieren können, doch es war zum jetzigen Zeitpunkt nicht nötig, diesbezüglich ein Risiko einzugehen und möglicherweise unnötig Aufmerksamkeit zu erregen. Der Feind hatte Augen und Ohren an vielen Orten. Steve und Wheelie fuhren direkt zur Universität, die etwa

16

zehn Kilometer von ihrem Landeplatz entfernt war. Sie hatten bei ihrem letzten Aufenthalt vierzehn Tage hier verbracht und kannten sich deshalb in diesem Stadtteil ganz gut aus. Im Fachbereich Chemie angekommen, stieg Steve ab und schob Wheelie wie ein ganz normales Fahrrad neben sich her. Es war nicht ungewöhnlich, dass Beschäftigte der Universität ihre Räder mit in die Büros oder Arbeitsräume nahmen, damit sie in den vollen Fahrradständern vor den Gebäuden nicht zerkratzt oder sonst irgendwie beschädigt wurden. Von daher war dies eine gute Tarnung.

Sie gingen die Gänge entlang und kamen zum Büro des Professors. Die Tür stand offen. Steve klopfte an den Türrahmen. „Herein!", ertönte eine Stimme aus dem Nebenraum, die sie gleich als die des Professors erkannten. "Einen kleinen Moment Geduld bitte, ich bin gleich da." „Lass dir Zeit, Professor, wir sind's nur, Steve und Wheelie", entgegnete Steve. „Steve! Wheelie!" Das erstaunte Gesicht des Professors erschien in der Tür. „Na sowas! Wie schön, euch zu sehen!", sagte er, während er einen beeindruckend hohen und etwas wackeligen Stapel Versuchsprotokolle auf seinem Schreibtisch abstellte.

Steve und Wheelie traten ein und die Freunde begrüßten sich freudig. Er deutete ihnen an, ihn in einen abhörsicheren Raum zu folgen und schloss die Tür. „Was führt euch zu mir?", fragte er schließlich. Steve und Wheelie berichteten, was geschehen war. Professor Murpelius beschloss, dass er selbst mit Ping sprechen wollte. „Ich habe nur noch eine Vorlesung zu halten, dann bin ich fertig für heute", sagte er. „Um sechzehn Uhr können wir fahren. Wartet am besten hier auf mich."

Abbildung 2: Der Professor wird informiert

Zwei Stunden später kam er zurück, zog seine Jacke an und setzte seinen Fahrradhelm auf. Er nahm sein Rad, mit dem er jeden Tag in die Universität fuhr, und schob es auf den Flur hinaus. Steve folgte mit Wheelie in einigem Abstand. Aus Gründen der Vorsicht radelten sie getrennt bis zur Piste der Buschpiloten. Erst als sie sich absolut sicher waren, dass ihnen niemand gefolgt war, fuhren sie das letzte Stück bis zu Pings Schiff zusammen.

Das Wiedersehen von Ping und dem Professor war herzlich. Ping berichtete ihm von seinen Beobachtungen. Professor Murpelius hörte, wie immer, aufmerksam und ernst zu. Sie kamen überein, dass er im Moment noch nichts unternehmen und zunächst die Ergebnisse ihrer Untersuchungen abwarten würde. Er begrüßte die Absicht, Peter hinzuzuziehen und gab ihnen dessen momentanen Standort bekannt. Tatsächlich befand sich Peter als Expeditionsleiter mit einem Team von Wissenschaftlern hoch oben im Norden des Landes, in einer Region, wo die weite Taiga, der boreale Nadelwald, in die offene, baumfreie Tundra überging. Der Professor lehnte Steves und Wheelies Angebot, ihn zurückzubegleiten, freundlich ab. „Macht euch keine Sorgen. Ich mache diese Arbeit schon sehr lange", beruhigte er sie zum Abschied.

„Dann wollen wir den guten Peter mal suchen", sagte Ping und setzte sich in den Kommandosessel. „Leider haben wir keine konkreten Koordinaten von seinem Camp, aber wir werden ihn schon finden", ergänzte er und nahm Kurs nach West Nord West. Peter war mit einer Gruppe Geologen unterwegs, die dort reiche Vorkommen an Bodenschätzen vermuteten und neue Verfahren zur Aufspürung von Lagerstätten testen wollten. Deshalb war die genaue Position des Camps geheim.

Professor Murpelius hatte ihnen Landmarken genannt, die sie ansteuern und denen sie folgen sollten. Die erste Landmarke war der Weißwasserfluss, der von Süden her kam und schließlich hoch im Norden ins Eismeer mündete. Der Fluss, dessen Name schon auf die zahlreichen Stromschnellen und Wasserfälle hinwies, mäanderte durch boreale Urwälder, Gebirgstäler und weites Marschland und wurde im Laufe seines Weges zu einem mächtigen Strom, den man auf einer Reise von Ost nach West nicht verfehlen konnte. Sie hatten etwa zweitausend Kilometer zurückgelegt und näherten sich langsam dem Polarkreis, als sie sein wildes Wasser unter sich in der Nachmittagssonne glitzern sahen. Sie begleiteten den Fluss fünfhundert Kilometer stromaufwärts, um dann an einem großen

See nach Nordosten abzudrehen und ein kleineres Gebirgstal entlangzufliegen. Als sie zur nächsten Landmarke kamen, änderten sie erneut den Kurs. So navigierten sie, bis sie schließlich das Lager von Peters Gruppe unter sich sahen. Da sie sehr langsam flogen, hatte Ping den Tarnmodus aktiviert. Niemand bemerkte es, als das Shuttle ein paar hundert Meter neben dem Camp lautlos auf dem weichen, teils nassen, teils trockenen Boden aufsetzte.

Auch wenn Steve und Wheelie es gar nicht mochten, getrennt zu sein, so waren sie sich doch darüber einig, dass Steve alleine aussteigen und mit Peter sprechen sollte. Reifenspuren eines Mountainbikes, die aus dem Nichts auftauchten, wären schwer zu erklären gewesen, sollte einer der Expeditionsteilnehmer sie bemerken. Von einer kleinen, menschenähnlichen Gestalt mit hübscher, blauer Hautfarbe in einer fliegenden Untertasse gar nicht zu reden.

Steve schlich sich an und benutzte geschickt die knapp mannshohen Büsche, zwischen denen Peter das Camp errichtet hatte, als Deckung. In Rufweite angelangt, wartete er. Zunächst tat sich gar nichts. Nach einer Weile verließ einer der Wissenschaftler ein Zelt und ging, nachdem er sich kurz umgesehen hatte, in das Benachbarte, offensichtlich mit seiner Arbeit beschäftigt. Er hatte ein leistungsstarkes Jagdgewehr bei sich, das er zum Schutz vor den mächtigen Bären des Nordens immer mit sich trug. Diese streiften nämlich in erheblicher Zahl in der Gegend umher und konnten auf ihrer Suche nach Nahrung äußerst unangenehm werden, wenn sie unvermutet in einem Camp auftauchten.

Etwas später kam der Forscher zurück, um in Begleitung einer Kollegin wieder das erste Zelt aufzusuchen. Auch sie war mit einem Gewehr bewaffnet, so wie es hier grundsätzlich üblich und auch vorgeschrieben war. Steve sah sich weiter um. Da entdeckte er Peter plötzlich am anderen Ende des Camps. In einem weiten Bogen schlich er um das Lager herum. Er musste vorsichtig sein, damit man ihn nicht mit einem Bären verwechselte. Er hatte nämlich überhaupt keine Lust, von den Wissenschaftlern unter Feuer genommen zu werden. Er musste irgendwie Peters Aufmerksamkeit erregen, ohne die andern zu alarmieren. Da hatte er eine Idee. Er nahm ein trockenes Ästchen von einem Busch und brach es in kleine, drei Zentimeter lange Stücke. Die begann er auf Peter zu werfen, der etwa sechs Meter entfernt vor den Büschen stand. Das erste Hölzchen landete direkt vor Peters Füßen. Dieser schaute auf, konnte sich aber keinen Reim darauf machen, wo dieses plötzlich herkam. Steve warf das zweite Hölzchen, wieder vor Peters Füße, aber diesmal etwas näher. Peter sah in den Himmel, ob ihm vielleicht ein Vogel einen Streich spielte oder ihn von seinem Nistplatz verjagen wollte, aber er konnte nichts dergleichen entdecken.

Als das dritte Hölzchen vor ihm landete, war ihm klar, dass ihn irgendjemand locken wollte. Das nächste Hölzchen traf ihm am Arm und das Übernächste am Bein. Das war kein Bär, das war kein Vogel, das musste ein Mensch sein. Und wenn da ein Mensch war, wollte dieser ihm wahrscheinlich nicht schaden, denn das hätte er längst tun können. Er verzichtete also darauf, seinen Unterhebelkarabiner, den er im Busch immer führte, durchzuladen und tat drei ruhige Schritte in die Richtung, aus der die Hölzchen geflogen kamen. „Pssst", machte es leise hinter dem Busch, „Peter, ich bin es, Steve." Peter ging um den Busch herum. „Steve", flüsterte er überrascht, „was machst du denn hier? Und wo ist Wheelie?" Jeder, der

Steve und Wheelie kannte, war daran gewöhnt, dass sie immer zusammen waren. Es erschien sofort völlig unnatürlich, wenn dies einmal nicht der Fall war. „Wheelie ist im Shuttle bei Ping, dort hinten." Steve deutete mit dem Kopf in die entsprechende Richtung. „Ping braucht dich in der Basis."

„Ping kann auf mich zählen", flüsterte Peter, „nur, ich kann hier jetzt nicht weg. Wenn ich die Expedition abbreche, werden etliche Leute sehr unzufrieden sein und es wird eine Menge Fragen aufwerfen. Aber in fünf Tagen wird die Gruppe abgeholt. Dann bin ich fertig. Reicht das?" „Verstehe", sagte Steve leise, „das wird schon reichen, wir haben ja auch noch einiges vorzubereiten. Wo sollen wir dich treffen?" „Am besten hier, wenn die anderen weg sind. Ich habe dann sowieso noch ein paar Wochen alleine zu tun. Das ist ideal, dann fällt es nicht auf, wenn ich nicht da bin." „Okay", flüsterte Steve, „wir sehen uns in fünf Tagen." „Wir sehen uns in fünf Tagen", sagte Peter leise und klopfte Steve zum Abschied leicht auf die Schulter. Dann ging er wieder an seine Arbeit und Steve schlich sich zurück zum Shuttle. „Peter hilft sehr gerne. Er ist in fünf Tagen fertig, dann sollen wir ihn hier abholen", berichtete er. „Großartig!", freute sich Ping. Wheelie lachte erleichtert. Er war glücklich, dass alles geklappt hatte und vor allem, dass sein Steve wieder da war.

Eine gute Idee

„Also, wir haben fünf Tage", begann Ping, während sie zurückflogen. „Wie nutzen wir die Zeit am besten?" „Na ja", überlegte Steve laut, „egal, was wir in welcher Reihenfolge machen, früher oder später müssen wir wahrscheinlich hinunter in die Anlage und nachsehen, was los ist. Das Shuttle kommt nur durch die großen Gänge. Ab dort geht es damit nicht mehr weiter. Wheelie und ich sind schnell und haben einen ganz ordentlichen Aktionsradius, aber du und Peter, ihr seid zu Fuß. Wir müssen uns etwas überlegen, damit ihr mobil seid." Steve kratzte sich an der Nase und dachte nach. „Mit Stangen und Schnüren für eine Travois, die Wheelie zieht, kommen wir da unten wohl nicht weit. Und mit zwei Passagieren schon gar nicht. Außerdem würden wir vermutlich deutlich sichtbare Spuren hinterlassen, von dem abgeschliffenen Holz auf dem Felsboden. Was möglicherweise auch problematisch werden könnte, wenn wir mal alle Möglichkeiten in Betracht ziehen – Geheimsoldaten und so." „Es gibt doch solche Trainingswagen für Schlittenhunde. Das haben wir doch mal gesehen, erinnerst du dich, Steve? Wäre das was?", überlegte Wheelie.

„Hm, ausgezeichnete Idee, Wheelie!", lobte Steve. „Was meinst du, Ping, könnten wir die Tunnel so erkunden? Wheelie und ich ziehen dich und Peter auf einem Hundeschlittenwagen?" „Das ginge bestimmt, solange die Tunnel einen einigermaßen ebenen Boden haben. Die Tunnel der Alten Anlage sind hochpräzise gefertigt, die Wände und Böden sind glatt wie Glas. Das wäre kein Problem. Jedoch sind sie an manchen Stellen teils erheblich beschädigt. Die Kräfte des Planeten ruhen nicht und machen auch vor den unterirdischen Bauwerken nicht halt. Grundsätzlich ist die Idee gut. Wie weit wir dann tatsächlich kommen würden, weiß ich aber nicht."

„Okay. Das Grundkonzept mit Wheelie und einem Wagen würde unter idealen Bedingungen funktionieren. Unter schlechten Bedingungen dann eher nicht", fasste Steve den bisherigen Stand zusammen. „Wir haben also einen Plan B, auf den wir zurückgreifen können, wenn uns nichts anderes einfällt. Jetzt brauchen wir einen verbesserten Plan A, der möglichst immer funktioniert."

Sie dachten nach. „Ich glaube, das Beste wäre es, wir schauen uns erst einmal zusammen in deiner Werkstatt um, Ping. Vielleicht finden wir dort etwas, das uns weiterhilft." „Ah, Moment – Lastenbretter", sagte Ping plötzlich und schnippte mit den Fingern. „Ich habe doch die Antigravitations-Lastenbretter zum Materialtransport. Vielleicht könnte man die verwenden." „Das klingt interessant", sagte Wheelie. „Ja, die müssen wir uns ansehen!", rief Steve. „Das könnte die Lösung sein!" „Machen wir!", sagte Ping gut gelaunt und nahm Kurs auf seine Basis.

Wie immer, wenn er seine Freunde an Bord hatte, blieb er weit unter der Höchstgeschwindigkeit des Shuttles. Dennoch hatten sie die rund dreitausendfünfhundert Kilometer in einer knappen halben Stunde zurückgelegt und näherten sich nun dem Eingang seiner Forschungsstation. Auf den letzten fünfhundert Kilometern hatte Ping stark beschleunigt und ohne abzubremsen änderte er plötzlich die Flugbahn und sie rasten mit der Geschwindigkeit eines Meteoriten in die Doline, die sie hinunter in die Tiefe zum Hangar führte. Kurz vor dem Boden stoppte er, das Schiff glitt seitlich hinein und die mächtigen Tore der Basis schlossen sich hinter ihnen wieder. Dank des ihm eigenen unabhängigen Schwerefeldes merkten sie von diesen wilden Flugmanövern nichts. Nur die Landschaft schoss in einem irrwitzigen Tempo vor ihren Augen vorbei. „Das ist immer wieder Wahnsinn", murmelte Wheelie.

„Entschuldige, Wheelie", sagte Ping, dem der Kommentar nicht entgangen war, „der Anflug in dieser Weise ist notwendig, damit mich das Militär nicht aufklären kann. Ich muss leider jederzeit mit feindlichen Aktivitäten rechnen." „Nein, nein, das war bewundernd gemeint. Deine Flugkünste sind einfach unglaublich!", entgegnete Wheelie. „Absolut!", pflichtete Steve bei. „Man würde es schlicht nicht glauben, wenn man es nicht selbst erlebt hätte." „Ich wurde dazu ausgebildet", entgegnete Ping bescheiden. „Aber es ist nicht ganz einfach, das stimmt schon", fügte er hinzu. Tatsächlich war Ping ein erstklassiger Pilot und hatte viele Auszeichnungen für besondere fliegerische Leistungen erhalten - was er aber gerne für sich behielt. Seinen Job so gut wie nur möglich zu machen, war immer sein Anliegen, und nur wenn er selbst mit dem Ergebnis zufrieden war, war ihm das genug.

Sie stiegen aus und gingen durch den Hangar zum Werkzeuglager der Station. Obwohl Steve und Wheelie ja inzwischen mit der Basis vertraut waren, beeindruckte sie deren Mächtigkeit noch immer. Ping führte sie durch die Regale und zeigte ihnen die Lastenbretter. Es waren relativ leichte, etwa fünf Zentimeter flache und fünfzig mal fünfzig Zentimeter große Elemente, die zum Heben und zum Transport schwerer Lasten modular verbunden und über die Stromversorgung der Basis oder des Shuttles aufgeladen werden konnten. Sie ließen sich so einstellen, dass sie der Bodenkontur folgten. Man konnte aber auch einen gewissen Toleranzbereich nach oben und unten festlegen, wenn beispielsweise große Unebenheiten am Boden überwunden werden sollten. Die Höhe, auf der sie schwebten, reichte von null bis etwa drei Meter und konnte über eine Fernbedienung gesteuert werden. Sie trugen bis zu einer Tonne Gewicht pro Brett.

„Sehr raffiniert!", sagte Steve und stellte sich prüfend auf eins der Elemente, welches ihn mühelos emporhob. „Damit lässt sich etwas anfangen!" Im Magazin der Werkstatt fanden sich neben unzähligen anderen Sachen auch Rohrprofile aus irgendeiner leichten, aber stabilen Metalllegierung, aus denen man bestimmt einen Wagen bauen konnte. „Kann man dieses Metall schweißen?", fragte Steve. Wie Peter hatte Steve einen Handwerksberuf erlernt, bevor er alt genug war, um mit Wheelie auf große Fahrt zu gehen. „Das ist gar nicht nötig", entgegnete Ping. „Wir haben etwas Besseres."

Er holte etwas, das aussah wie eine Rolle Klebeband. „Das ist ein Reparaturband für Notfälle. Man schneidet einfach ein Stück davon ab und klebt es dorthin, wo man eine Verbindung haben möchte. Nach ein paar Minuten fängt das Band an, die Materialeigenschaften des Werkstoffs anzunehmen und es entsteht eine haltbare Verbindung. Metall, Stein, Holz, das ist ganz egal, es geht mit allem! Man kann auch verschiedene

Materialien miteinander verbinden." Steve guckte überrascht und etwas skeptisch auf das weiche, gummiähnliche Band. „Keine Sorge, das hält bombenfest!", sagte Ping. „Echt praktisch!", staunte Wheelie.

Die nächsten vier Tage verbrachten Steve und Wheelie damit, einen schwebenden Wagen zu bauen, auf dem Ping und Peter auf ihrer Expedition in die Tiefe des Berges mitfahren konnten. Ping bereitete inzwischen die geplante Ortung vor. Nach fünf Tagen waren die Vorbereitungen planmäßig abgeschlossen. „Sehr gute Arbeit!", lobte Ping, als Steve und Wheelie ihr Werk präsentierten. „Ich wusste, euch beiden fällt immer etwas ein!" Sie aßen zusammen zu Mittag und diskutierten dabei verschiedene Aspekte der bevorstehenden Unternehmung.

„Dann wollen wir Peter mal abholen", sagte Ping nach einer Weile und stand auf. Sie begaben sich ins Shuttle und flogen los. Sie lagen gut in der Zeit und so flog Ping recht langsam, damit Steve und Wheelie die sagenhafte Aussicht über das weite, wilde Land genießen konnten. Als sie Peters Camp erreichten, sahen sie ihn schon winken. Er signalisierte ihnen damit, dass seine Gruppe bereits abgeholt wurde, er alleine war und sie bedenkenlos landen konnten. Sie setzten auf und nahmen Peter an Bord. Wheelie und Ping freuten sich sehr, ihren Freund nun endlich auch selbst wiederzusehen. Peter freute sich ebenso und lachte. "Na, dann erzählt mal. Was ist eigentlich los und was haben wir vor?", fragte er. Ping, Steve und Wheelie berichteten und Peter hörte gespannt zu.

Die Ortung

In der Basis angekommen, sahen sie sich alle gemeinsam die aktuellen Messungen des mysteriösen Signals an. „Hm, ja", sagte Peter, „das erfordert eine Untersuchung, da stimme ich ganz mit euch überein. Also, als erstes müssen wir herausfinden, wo das Signal herkommt. Als zweites, was es bedeutet und ob wir Maßnahmen ergreifen müssen. Und wenn ja, was die Ursache ist und was wir tun können." „Gut", sagte Ping, „dann erkläre ich jetzt meinen Plan zur Ortung. Dann legen wir die weitere Aufgabenverteilung fest und ich zeige euch, wer was wann machen muss." Ping begann mit der Einweisung und simulierte die geplante Ortung am Computer.

Danach zeigten sie Peter den Wagen. „Das habt ihr super hinbekommen! Wirklich eine sehr schlaue Konstruktion!" Fachmännisch sah er sich das Gefährt mit den Augen eines gelernten Flugzeugmechanikers an. „Danke sehr!", freute sich Wheelie ein klein wenig stolz. „Jetzt müssen wir noch ausprobieren, wie er sich voll beladen fährt, also Steve und ich als Zugmaschine und du und Ping mit Ausrüstung auf dem Wagen."
Die erste Probefahrt verlief nicht ganz zu ihrer Zufriedenheit. Zwar funktionierte das Prinzip, die Lastenbretter trugen ihr Gewicht ohne Schwierigkeiten, doch war die Spurstabilität zu bemängeln. Schon bei milden Geschwindigkeiten schlingerte der Wagen unkontrolliert nach links und rechts.

Außerdem liefen sie auf Wheelies Hinterrad auf, wenn dieser etwas verzögerte. Peter hatte die Idee, zusätzlich seitliche Bretter hochkant zu montieren, die, da sie sich ja in Tunneln bewegen, ein waagerecht gerichtetes Kraftfeld zu den Wänden hin aufbauen und den Wagen so stabilisieren würden. Das Problem des ungebremsten Auflaufens lösten sie durch zwei schräg nach vorne und zur Seite gerichtete Bretter, die sie nur bei Bedarf aktivierten. Damit hatten sie sozusagen eine manuelle Bremse zur Verfügung. Optimal war die Konstruktion nicht, aber sie funktionierte, und das ist für einen rasch gebauten Prototypen schon eine ganze Menge.

Sie verbesserten aus Zeitgründen lediglich noch die wichtigsten Punkte, so dass der Wagen die voraussichtliche Nutzungsdauer überstehen würde. „Geschafft!", rief Steve schließlich. Peter trat einen Schritt zurück und betrachtete zufrieden ihr gemeinsames Werk. „Lässt sich jetzt auch gut ziehen!", sagte Wheelie und blickte einmal links und einmal rechts quasi über seine Schulter zurück. „Bestens!", freute sich Ping und nickte anerkennend. „Dann gehen wir jetzt noch einmal unseren Einsatzplan durch."

Sie beschlossen, trotz des Sicherheitssystems und der Störsignale, die Pings Basis vor Hackerangriffen schützten, nicht direkt miteinander über die Computer zu kommunizieren. Es bestand immer ein gewisses Risiko, dass das Militär oder die Geheimdienste es vielleicht doch irgendwann geschafft hatten, durchzubrechen und in der Lage waren, sensible Informationen aufzufangen. Der Plan sah also vor, nur die unbedingt notwendigen Daten der Messung in das Intranet der Basis einzuspeichern, aber keinerlei Kommunikation über die

Geräte zu haben. „Wir kommunizieren nur über die Verbindung von Shuttle zu Wheelie", sagte Ping. „Ich bin mir sicher, dass das keiner knackt, weil niemand außer Wheelie den Frequenzbereich des Pudiliums nutzen kann. Du bist unser Fernmelder. Das ist deine Aufgabe." „Mache ich gerne!", sagte Wheelie bescheiden.

„Also", fuhr Ping fort, „ich bringe euch jetzt zu eurem Einsatzort auf der anderen Seite des Bergs. Wenn wir alle auf unseren Plätzen sind, sende ich einen Impuls an Wheelie. Dann wisst ihr, dass wir mit der Messung beginnen und verfahrt, wie wir es im Protokoll festgelegt haben. Das ist dein Job, Peter." "Verstanden!", bestätigte Peter knapp. „Steve fungiert als Alarmposten. Dein Job ist es, die Augen und Ohren des Teams zu sein, während sich Peter auf die Messung und Wheelie auf die Kommunikation konzentrieren müssen", wandte er sich an Steve. „Du beobachtest die Umgebung. Wir bleiben alle auf unseren Posten, bis die Messung durchgeführt ist. Sollte uns der Gegner bemerkt haben, ist dies der einzige Versuch, den wir haben. Nur im äußersten Notfall brechen wir ab. Wenn ihr bedroht oder angegriffen werdet, leistet keinen Widerstand. Gegen die Profis habt ihr keine Chance. In dem Fall meldest du das sofort an Wheelie, der die Meldung an mich weitergibt. Versucht Zeit zu gewinnen, ich komme euch zu Hilfe. Bis dahin seid ihr auf euch allein gestellt."

„Verstanden! Ich beobachte und melde. Nur im Notfall brechen wir ab. Der Auftrag geht vor. Im Konfliktfall leisten wir keine Gegenwehr und warten auf deine Hilfe", wiederholte Steve Pings Anweisung. „Gibt es dazu noch Fragen? Nein?

30

Gut. Dann brechen wir jetzt auf", sagte Ping. Sie begaben sich ins Shuttle. Ping benutzte vorsichtshalber einen der großen Tunnel, die geradewegs durch das Gebirge führten, anstatt außen herum zu fliegen. Der von ihm ausgesuchte zweite Messpunkt lag etwa zehn Kilometer Luftlinie von der Basis entfernt. Wie eine Rohrpost sausten sie durch den Berg. Ping stoppte kurz vor dem versteckten Ausgangstor und führte sie zu Fuß durch einen kleineren Seitenausgang ins Freie. Sie blinzelten, als sie aus dem Dunkel des Tunnels in die helle Nachmittagssonne traten und nahmen ihre Plätze ein. Ping flog zurück.

Die kleinere Personaltür neben dem Tunnelausgang war immer noch ziemlich groß, da die Körpergröße eines durchschnittlichen Angehörigen des Gewaltigen Volkes, wie sie in Pings Chroniken bezeichnet wurden, einst mindestens das Eineinhalbfache bis mehr als das Doppelte der eines Menschen betrug. Sie war in Höhe und Breite in etwa mit der Haupttür eines Bahnhofs klassischer Architektur in einer der größeren Städte vergleichbar. Dennoch war sie von außen nicht zu sehen. Die Türen und Tore im Berg waren so präzise gearbeitet, dass nicht einmal eine Fuge zu erkennen war. Zudem wurde die Sicht auf diesen Teil des Berges durch vorgelagerte Felsen versperrt.
Peter blickte auf den mobilen Computer und wartete auf den Countdown zum Start der Messung. Alle alphanumerischen Angaben erschienen in fremdartigen Schriftzeichen. Natürlich konnte Peter Pings Sprache nicht lesen, aber er hatte genug gelernt, um zu wissen, was die für ihn relevanten Ziffern, Buchstaben und Symbole bedeuteten und wie er darauf reagieren musste. Ping saß am Zentralrechner der

Basis. Er hatte sich über sein Intranet mit dem Rechensystem des Shuttles verbunden, um mit Wheelie in Kontakt treten zu können und einen eventuellen Alarm Wheelies sofort zu bemerken. Er startete das Ortungsprogramm. Wheelie erhielt das entsprechende Signal. „Jetzt!", rief er wie vereinbart und Peter machte augenblicklich die notwendige Eingabe. Beide Rechner synchronisierten sich und gingen der Reihe nach verschiedene elektromagnetische, seismologische, radiometrische und andere Parameter durch. Ping verfolgte gespannt die Vorabdaten der Messprotokolle, die zumindest eine erste Abschätzung erlaubten. Alles deutete darauf hin, dass die Ortung korrekt durchgeführt wurde.

„Ist euch irgendetwas aufgefallen?", fragte Ping, als er Steve, Wheelie und Peter wieder abholte. „Nein. Keine besonderen Vorkommnisse", meldete Steve gewissenhaft. Zurück in der Basis, erklärte Ping den Verlauf und die Ergebnisse der Ortung. „Unsere Mission war soweit erfolgreich", begann Ping. „Ich konnte die Quelle des Signals eingrenzen. Den genauen Ort festzustellen, war leider nicht möglich." Ping projizierte eine exakte, transparente, holografische Darstellung der Topografie des Höhlengebirges in den Besprechungsraum.
„Die beiden maßgeblichen Orte habe ich durch zwei farbige Kugelkörper markiert - den blauen hier, der unseren eigenen Standort anzeigt, und den roten, der den ungefähren Ort der Signalquelle wiedergibt", erklärte er und zeigte auf die entsprechenden Bereiche. „Ich lege jetzt nur die momentan wichtigen Details der unterirdischen Anlage darüber, damit die Darstellung nicht zu unübersichtlich wird." Im Hologramm wurden Hohlräume und Gänge sichtbar. „Das ist

unglaublich!", staunte Peter, wohl wissend, dass er Ping unterbrach. „Absolut!", pflichtete Steve ihm bei. „Als ob man mit einem Vergrößerungsglas auf die Welt schaut, und diese durchsichtig geworden ist", murmelte Wheelie. „Bitte fahre fort", sagte Peter entschuldigend an Ping gewandt, „aber ich habe so etwas noch nie gesehen!" Ping lächelte verständnisvoll.

„Die ungefähre Position der Signalquelle ist in etwa fünfzig Kilometer in nordwestlicher Richtung von uns entfernt und liegt in einer Tiefe von rund achthundert Metern." Ping blickte in die Runde. „Das Merkwürdige ist, meine Karte zeigt in diesem Bereich keinen Hohlraum - also auch keine Halle. Auch nicht in der Umgebung. Allerdings ist die Kartierung der Anlage unvollständig. Das Gewaltige Volk war Meister seiner Künste. Offensichtlich wollten sie bestimmte Bereiche streng geheim halten. Der Standort der Signalquelle muss auch nicht mit dem Ort übereinstimmen, wo dessen Ursache liegt. Wahrscheinlich sind überall in der Anlage Sensoren verbaut, die Ereignisse melden, welche die Sicherheit bedrohen.

Und was auch seltsam ist: Anscheinend haben seismische Aktivitäten zur Aktivierung des Signals geführt, ein Abgleich mit den Datenbanken der Regierung zeigt aber kein Erdbeben in der fraglichen Zeit", schloss Ping seinen Bericht. „Das bedeutet", ergriff Peter das Wort, „das Beben wurde nicht erfasst, was allerdings unwahrscheinlich ist, oder..." „Oder es wurde künstlich herbeigerufen und aus der Datenbank entfernt!", ergänzte Steve Peters Gedanken. „Ganz genau!", sagte Ping. „Das ist ja allerhand", murmelte Wheelie. „Was machen wir nun?" „Wir gehen runter und sehen nach", antwortete Ping.

Expedition in die Tiefe

Sie beschlossen einen maximalen Suchzeitraum von fünf
Tagen. Sollten sie bis dahin nichts herausgefunden haben,
würden sie eine erneute Lagebesprechung abhalten. Da jedoch
reichlich Platz im Shuttle vorhanden war, brachten sie zur
Sicherheit Verpflegung und Ausrüstung für einen vollen Monat
in den Ladebereich. Dann gingen sie an Bord. Ping öffnete
über den Bordcomputer eines der meterdicken Metalltore zu
den Tunneln der Alten Anlage und das Shuttle glitt langsam
hindurch. Das Licht von Pings Station spiegelte sich
millionenfach im glatt verglasten Gestein der Wände, bevor
es schließlich von der Dunkelheit verschluckt wurde. Vor
ihnen lag das riesige, uralte, verzweigte Fernwegesystem
des Gewaltigen Volkes.
Das Schiff setzte sich in Bewegung und beschleunigte sanft.
Ping schaltete die Scheinwerfer des Shuttles ein. „Ich
wollte nur, dass ihr die Fahrt im Tunnel auch einmal bei
Licht erlebt. Sehr beeindruckend gefertigt. Aber auf die
Dauer auch sehr monoton anzusehen." Die glitzernden Wände
rasten vorbei. Pings Freunde staunten. „Ich halte es jedoch
für besser, wenn wir nur mit Hilfe des Navigationssystems
fliegen. Wir wissen ja nicht, was – oder vielleicht auch
wer – uns erwartet. Besser, wir haben gegebenenfalls das
Überraschungsmoment auf unserer Seite." Das Licht erlosch.
Nur das Display erhellte die Kommandobrücke etwas. So flogen
sie durch die unterirdische Finsternis. „Ich möchte euch

etwas zeigen", sagte Ping nach einer Viertelstunde. „Ich glaube, wir können es riskieren. Unser Sicherheitssystem zeigt keinerlei Auffälligkeiten", fügte er hinzu. Er schaltete das Licht des Shuttles ein, genauer gesagt die Rundum-Beleuchtung. „Dies ist ein logistischer Knotenpunkt. Das ist in etwa so etwas wie ein Rangierbahnhof, nur dreidimensional." Steve, Wheelie und Peter hielten den Atem an. Sie befanden sich inmitten eines gewaltigen, senkrechten Schachtes, der so tief war, dass sie weder eine Decke noch einen Boden ausmachen konnten. Er maß rund zweihundert Meter im Durchmesser und verband eine Unzahl von Etagen mit einer noch größeren Zahl von Toren und Gängen.

„Von hier aus kann man in die unterschiedlichsten Bereiche der Anlage gelangen, oder auch auf die verschiedenen Kontinente. Das alles ist hier zentral miteinander verbunden. Ich kenne einige von diesen Knotenpunkten. Wie viele es genau davon gibt, weiß ich aber nicht. Unser Weg führt uns jetzt hinunter in den Abgrund." Mit diesen Worten fuhr das Shuttle in die Tiefe, wie ein Aufzug in einem Bergwerk. Dann stoppte es. „Wir befinden uns jetzt achthundert Meter unter der Erdoberfläche. Wir fliegen nach Nordwesten, also hin zum Ozean", sagte Ping und steuerte das Schiff in die angegebene Richtung.

Nach einer Weile hielt das Shuttle in einer Einbuchtung neben dem Tunnel, die möglicherweise einst eine ähnliche Funktion erfüllt haben mochte wie ein Parkplatz an einer Autobahn. Nicht, dass Ping ernsthaft irgendein Verkehrsaufkommen erwartete, aber man konnte nie wissen. So jedenfalls war das Schiff sicher abgestellt. „Wir sind jetzt ganz in der Nähe

des kleineren Seitentunnels, wo ich nicht mehr weiterkam",
erklärte er. „Jetzt kommt euer Einsatz!" Er blickte zu Steve
und Wheelie. „Danke, dass ihr das hier ermöglicht!" „Das
machen wir doch gerne!", sagte Wheelie und Steve nickte.

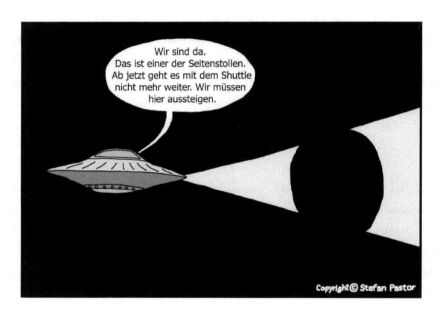

Abbildung 3: In den Tunneln

„Trinkt reichlich, bevor wir losfahren!", sagte Ping an
Steve und Peter gewandt. „Hier unten sind die Temperaturen
höher, weil sich das Gestein durch natürliche radioaktive
Zerfallsprozesse aufheizt. Außerdem sind wir näher am
flüssigen, heißen Magma. Allerdings scheinen sich die Tunnel
selbst zu klimatisieren, jedenfalls ist es zum Glück weniger
heiß, als es hier eigentlich sein müsste. Man würde hier in
dieser Tiefe etwa sechsunddreißig Grad Celsius erwarten, aber
tatsächlich sind es nur achtundzwanzig. Aber das ist immer

noch warm genug." Auf Pings Empfehlung hin nahmen sie noch ein paar Schlucke Wasser aus dem Vorrat und packten einige gefüllte Feldflaschen in ihr Marschgepäck. Dann verließen sie das Shuttle und machten sich zum Aufbruch bereit. Steve befestigte den Wagen mit dem Geschirr, das sie zu diesem Zweck angefertigt hatten, an Wheelies Sattelstütze. Ping aktivierte die Antigravitationsfunktion der Lastenbretter und er und Peter setzten sich hintereinander in den Wagen.

Wheelie fuhr probehalber kurz an. „Alles klar bei euch?", fragte Steve und blickte nach hinten. „Alles klar!", antwortete Peter für beide. „Bei dir auch, Wheelie?" „Alles klar, kann losgehen!" „Dann lasst uns losfahren!", rief Ping. Das Licht am Shuttle ging aus, als sie den Bereich der Bewegungssensoren verließen. Steve trat in die Pedale und der kleine Zug verschwand in der Dunkelheit des Tunnels, den selbst Wheelies helles Scheinwerferauge maximal hundert Meter weit auszuleuchten vermochte.

Anfangs verlief die Fahrt völlig problemlos. Der Wagen tat, was er sollte und die Fahrbahn war in einem solch tadellosen Zustand, dass es schon fast an Eintönigkeit grenzte. Eine Eintönigkeit jedoch, die sie dankbar annahmen. Tief unter der Erde in einem unbekannten Tunnelsystem unterwegs zu sein, das vor Urzeiten von einer geheimnisvollen, fremden Zivilisation erbaut worden war, war in sich selbst schon Ereignis genug. Sie gelangten an eines der tiefen Verteilersilos, jedoch hatten sie Glück. Die drehbare Plattform, die einstmals wie ein Aufzug auf und ab fuhr und Lasten oder Reisende auf die jeweiligen Stockwerke brachte, befand sich auf ihrer Ebene. Nachdem sie nicht wussten, in welchem Zustand die Mechanik war, machten sie vorsichtshalber eine Belastungsprobe. Peter seilte sich an und betrat vorsichtig den Gefahrenbereich. Ping, Steve und Wheelie bildeten durch ihr Gewicht und Wheelies Bremsen einen Ankerpunkt, um Peter aufzufangen, falls ihn der Boden nicht tragen sollte. Doch alles ging gut, die Plattform war fest und belastbar. So setzten sie, wenn auch mit einem etwas flauen Gefühl im Magen, über. Nach einiger Zeit begann der Tunnel jedoch erste Beschädigungen in Form von dünnen Rissen aufzuweisen. Ein Zeichen, dass hier mächtige natürliche Kräfte am Wirken waren, denen auch die meisterhafte Kunst der Erbauer auf Dauer nicht standhalten konnte.

Mit zunehmender Wegstrecke wurden die Risse stärker und erste heruntergefallene Steine lagen herum. In der Folge nahm die Verblockung zu, bis sie nach weiteren fünfzig Kilometern schließlich an eine Stelle kamen, an der die Decke komplett eingestürzt und der gesamte Tunnel verschüttet war. „Das war's. Weiter geht es nicht", stellte Peter fest. Was sagt dein Messgerät, Ping?" „Wir sind deutlich näher an der Signalquelle, aber noch nicht dort. Es liegen vermutlich noch mindestens dreißig Kilometer vor uns. Selbst wenn wir die Stelle irgendwie freiräumen würden, ist davon auszugehen, dass die Schäden dahinter noch weitergehen. Das übersteigt unsere momentanen Möglichkeiten," antwortete Ping.

„Aber", fuhr er fort, „wir haben jetzt bessere Daten. Damit können wir dann eine genauere Positionsbestimmung vornehmen. Wir kehren zurück zur Basis und werten sie aus. Unsere Expedition hat uns zwar nicht bis zum Ziel geführt, aber sie war nicht vergebens." Obwohl sie inzwischen seit mehr als vierzehn Stunden unterwegs waren, beschlossen sie, aufgrund der eventuellen Gefahr neuerlicher Einstürze den Ort zu verlassen und wenn möglich den Rückweg zur Basis in einem Stück zurückzulegen. Sie wollten lieber dort in der Gewissheit von Ruhe und Sicherheit schlafen als im Tunnel. Als sie in der Basis ankamen, waren alle müde und erschöpft. „Lasst uns erst einmal ausruhen. Morgen füttern wir dann den Computer mit den neuen Daten", meinte Ping. Sie suchten ihre Quartiere auf und fielen in einen tiefen, erholsamen Schlaf.

Die vergessene Ruinenstadt

Nach einem gemeinsamen Frühstück trafen sie sich im Besprechungsraum. Ping hatte die neuen Daten in den Zentralrechner eingegeben und projizierte das ihnen schon bekannte Hologramm in den Raum. „Nur zur Erinnerung – das ist das Ergebnis unserer Ortung von Vorgestern." Die beiden roten und bauen Positionsmarker erschienen im Bild. „Und dies...", das Bild veränderte sich, „...ist das Ergebnis unserer Expedition." Die neue, genauere Position des Zielgebietes verschob sich deutlich sichtbar in Richtung Nordwesten. „Das ist die Strecke, die wir gestern zurückgelegt haben", fuhr er fort, während eine entsprechende Linie erkennbar wurde. „Nach allem, was wir wissen, können wir von unserer Seite aus nicht zum Ziel gelangen. Wir müssen es also aus einer anderen Richtung versuchen. Dies hier wäre ein möglicher Einstieg." Ein neuer, markierter Wegpunkt tauchte im Bild auf.

„Puh", machte Peter. „Das heißt, wir haben ein Problem." Als geübter Expeditionsleiter, der auch den Umgang mit Informationstechnik gewohnt war, erfasste er die Lage augenblicklich. „So ist es." Ping nickte. Steve und Wheelie brauchten einen Moment länger, um die Situation zu überblicken. Sie brauchten keine Technik, sie fanden ihren Weg in den Weiten der Wildnis ganz selbstverständlich. Eine Fähigkeit, die zwar auch Peter hatte, aber nicht in dem Maße wie Steve und Wheelie. Sich mühelos zu orientieren war

40

dein Onkel Erik auch erzählt!" Erinnerst du dich, Wheelie?" „Ja klar! Die Legende vom vergessenen Volk der Talunari und dem Himmelssteig zur Gebirgsstadt Kvaltora! Wir haben das damals aber nur für eine spannende Geschichte gehalten, nicht mehr. Nach allem, was wir hier gelernt haben, könnte da schon mehr dran sein. Ich wünschte, wir hätten intensiver nachgefragt." „In der Tat gibt es auch von früheren Expeditionen meiner Leute ähnliche Berichte. Vielleicht sollte ich einmal die alten Aufzeichnungen durchsuchen. Die Zeit könnte gut investiert sein. Passt auf, wir machen Folgendes: Ich suche im Archiv, ob sich entsprechende Berichte finden lassen und ihr drei studiert das Kartenmaterial. Vielleicht zeigen sich in der Topografie Hinweise, wenn man genauer hinsieht." „Das ist ein guter Plan", sagte Peter. „Wir treffen uns wieder hier in, äh, zwei Stunden", rechnete Ping und machte sich auf den Weg. Peter nahm Pings Platz ein und verschob die 3D-Karte so, dass sie die nördlichen Teile des Höhlengebirges zeigte. „Wo fangen wir an? In einem Fjord oder auf einem Berg?", fragte Steve. „Das ist Glückssache", entgegnete Peter. „Was meinst du, Wheelie?" „Berg. Fangen wir auf einem Berg an. Ich mag Wasser nicht so", entgegnete dieser. „So sei es. Wir beginnen unsere Suche auf einem Berg." Peter zoomte in die entsprechende Gegend hinein.

Pünktlich zwei Stunden später kam Ping zur Tür herein. „Ich habe etwas gefunden!", rief er. „Wir auch!", rief Wheelie. „Na, dann lasst uns die Daten mal abgleichen", sagte Peter. „Ich bin gespannt!" Ping berichtete von alten Forschungsergebnissen, die sich auf die mehrere tausend Jahre alte Ruinenstadt Kvaltora bezogen, die sich in den Höhenlagen des Höhlengebirges befand. Einst ein wichtiges

Zentrum der Aldorani, des Gewaltigen Volkes, wurde sie während ihrer Kriege untereinander nahezu vollständig zerstört. Jahrtausende später errichteten die Talunari, eines der frühen indigenen Völker der Region, auf ihren Fundamenten eine neue Stadt der Menschen. Doch auch dies war lange her, und auch sie waren inzwischen von der Welt vergessen. Nur in den alten Überlieferungen ihrer entfernten Nachfahren waren sie noch lebendig, oft in einer undurchschaubaren Mischung aus Wahrheit, Legende und Mythos.

Es war nicht viel über die Aldorani bekannt, außer, dass sie einer hochtechnisierten, fortgeschrittenen Zivilisation angehörten. Wer sie waren und woher sie kamen, wusste man nicht. Was man wusste, war, dass sie lange vor Pings Volk hier gewesen waren und dass sie offensichtlich verschiedene Gruppen bildeten, die untereinander erbitterte Kämpfe um die Herrschaft über den Planeten führten.

„Kvaltora! Wie in Eriks Geschichte!", rief Wheelie. „Die Stadt der Aldorani", wiederholte Steve. „Der Himmelssteig existiert!" „Sehr interessant", sagte Peter, „und passt exakt zu dem, was wir entdeckt haben! Bei genauer Betrachtung kann man nämlich sowohl auf einigen Berggipfeln als auch an der Küstenlinie des Blauen Fjords Strukturen erkennen, die aufgrund ihrer Geometrie und Regelmäßigkeit eindeutig nicht natürlichen Ursprungs sind. Es handelt sich dabei mit hoher Wahrscheinlichkeit um die Überreste jener Stadtmauern und Hafenanlagen, die in Pings Unterlagen beschrieben sind." „Na, wenn das mal nichts ist!", freute sich Wheelie. „Jetzt müssen wir nur einen Weg finden, unerkannt hinzukommen". „Das wird nicht leicht", sagte Ping.

Über Land, zu Wasser und trotzdem durch die Luft

„So wie ich das sehe, gibt es zwei Möglichkeiten: über Land und zu Wasser. Der Luftweg scheidet nach deinen Worten ja aus, Ping", ergriff Peter das Wort. „Korrekt", entgegnete Ping kurz. „Über Land gibt es eine Schlüsselstelle, die problematisch ist: Diese Hochebene hier muss überquert werden." Peter zeigte auf die entsprechende Stelle im Hologramm. „Das sind gut und gerne fünfzig Kilometer weitgehend offenes Gelände, nur unterbrochen von kleinen Wäldchen und einigen Felsformationen. Die meiste Zeit ist man dort auf dem Präsentierteller.

Dazu kommt, dass man wegen des Moores auf die relativ wenigen Pfade angewiesen ist. Das heißt, wenn man entdeckt wird, gibt es quasi kein Entkommen. Außerdem hinterlässt man dort, wo der Boden weich ist, unvermeidlich eine Spur, der jemand folgen kann." „Das ist richtig", kommentierten Steve und Wheelie bestätigend. „Und das Militär wird diese Ebene gut überwachen."

„So ist es", sagte Ping. Sie operieren dort mit Fernspähern, die mit geländegängigen Fahrzeugen und zu Fuß unterwegs sind." „Ähnlich schwierig dürfte es auf dem Wasserweg sein. Ich nehme an, sie patrouillieren mit Booten auf dem Fjord", fuhr Peter fort. „Korrekt", bestätigte Ping erneut, „und natürlich im gesamten Gebiet mit Flugzeugen und Helikoptern." „Wenn überhaupt, hat man nur heimlich in direkter Ufernähe eine Chance, hinzukommen. Sofern das

Wetter mitspielt", sagte Peter weiter. „Brrrrrrr", machte Wheelie unwillkürlich. Ihm grauste bei der Vorstellung, mit einem kleinen Boot auf einem kalten, tiefen Meeresarm zu fahren. „Was den Seeweg aber interessant macht, ist, dass laut Hologramm ganz in der Nähe der alten Hafenanlage eine Höhle liegt. Von dort sollte ein Tunnel hoch nach Kvaltora führen. Wenn dies zutrifft, ist das ziemlich sicher der Himmelssteig, von dem in den Legenden erzählt wird. Vom Wasser aus sollte das ganz gut zu finden sein. Mit einem seetauglichen Kajak halte ich das Risiko für annehmbar. Ich wäre bereit, es zu versuchen." „Und wir nehmen uns den Weg durchs Moor vor, nicht wahr, Wheelie?", sagte Steve. „Na klar!", rief Wheelie. „Wann geht's los?" Ping und Peter mussten schmunzeln. Das war so typisch für Wheelie, sich ohne zu Zögern für die gute Sache auf den gefährlichen Weg zu machen. Die unerwartete Heiterkeit wirkte ansteckend und plötzlich mussten alle lachen. Das tat gut, nach all der Anspannung!

„Was meinst du, wie lange würdest du mit einem Kajak bis zur Höhle brauchen?", fragte Ping. „Hm, das sind etwa achtzig Kilometer. Sagen wir zwei Tage bei gutem Wetter", antwortete Peter. „Und ihr beide, wie lange für den Landweg?" „Auch zwei Tage, schätzungsweise", sagte Steve nach kurzer Beratung mit Wheelie. „Gut", sagte Ping. „Ein Kajak habe ich in meiner Sammlung von Expeditionsmaterial. Nun müssen wir nur noch überlegen, wie ihr unerkannt durch das Hochmoor gelangt." „Ich weiß von meiner Vorbereitung für diese Gegend, dass es hier eine kleinere Herde Karibus gibt – oder Rentiere", sagte Peter. Normalerweise kommen Karibus nicht so weit westlich vor, aber hier existiert diese eine isolierte Gruppe von etwa zweitausend Tieren. Untersuchungen haben gezeigt, dass es sich um eine Kreuzung aus Karibu und Rentier handelt. Beide gehören zwar zur selben Art, bilden aber zwei Unterarten, die in unterschiedlichen Regionen der Welt beheimatet sind. Offenbar wurden diese vor sehr langer Zeit einmal gekreuzt und hier halbwild als Nutztiere gehalten. Wahrscheinlich ziehen sie aufgrund dieser Besonderheit nicht wie die anderen Karibus einmal im Jahr nach Norden. Seit vielen Generationen wieder frei und wild, wandern sie dennoch nur lokal zwischen verschiedenen Gebieten hin und her. In den nächsten Tagen sollten sie auf ihrer Wanderung durchs Moor wieder hier durchkommen. Vielleicht könnt ihr mit der Herde ziehen und sie als Deckung benutzen.

Karibus legen täglich bis zu fünfundfünfzig Kilometer zurück und können bis zu achtzig Stundenkilometer schnell sein. Die Soldaten werden sie nicht überwachen. Dort, wo sie frei laufen können, sind die Tiere viel zu flink, als dass ihnen jemand durch das anspruchsvolle Terrain folgen könnte. Außer euch beiden, ihr könnt das. Damit wird keiner rechnen."

„Was meint ihr dazu?", fragte Ping. „Ja, das könnte klappen", antworteten Steve und Wheelie. „Sehr gut. Bleibt meine Rolle in dem Ganzen. Ich muss natürlich von der Basis aus das Sicherheitssystem überwachen. Aber", fuhr er fort, „ich kann dennoch etwas zu euren Missionen beitragen. Ich werde eine Reihe von Täuschungsmanövern durchführen und etwas vor ihrer Nase herumfliegen, um die Aufmerksamkeit auf mich und von euch weg zu lenken. Ich weiß noch nicht genau, was ich tun werde. Ich muss noch nachdenken und improvisieren. Aber wenn ihr auffällige Vorgänge am Himmel beobachten solltet, macht euch keine Sorgen – das gehört zum Plan." „Bestens!", rief Peter. „So machen wir's!"

Aufbruch am Morgen

Am nächsten Tag unternahmen sie einen Aufklärungsflug, um die Position der Karibus auszumachen. „Dort sind sie!", rief Wheelie schließlich. Wenig überraschend hatte er die Tiere mit seinen scharfen Augen zuerst gesehen. „Eine Handbreit rechts neben der Felswand da hinten", beschrieb er den anderen die genaue Position. Jetzt konnten Ping, Steve und Peter sie auch erkennen.
Einzeln, aufgereiht wie Perlen auf einer Kette, war die Herde dem engen Pfad durchs Gebirge gefolgt. Jetzt aber, da sie ins freie Land gelangten, würden sie sich bald auffächern und als große Gruppe, die Kälber eng bei ihren Müttern, die Bergwiesen überqueren. Auf ähnliche Weise würde die Herde schließlich durch das Moor ziehen. In so großen Gruppen wie möglich würden sie den festen Boden zwischen den trügerischen Sümpfen und die vorhandenen Pfade nutzen, um es lauernden Raubtieren so schwer wie möglich zu machen, sich auf ein einzelnes Beutetier zu konzentrieren.

Genau diese Strategie gedachten Steve und Wheelie auch für sich zu nutzen und zwischen den Rentieren sozusagen für die Soldaten unsichtbar zu werden. „Wann, meinst du, werden sie das Hochmoor erreicht haben?", fragte Steve Peter. „Übermorgen um diese Zeit", antwortete dieser. „Gut, dann ist klar, was zu tun ist", sagte Steve. Sie kehrten zur Basis zurück und bereiteten sich auf den Aufbruch vor. Der

Plan bestand darin, dass Ping sie mit dem Shuttle am Ufer eines kleinen Sees des Pappelwollflusses absetzen würde. Die Überlegung dahinter war, dass sie dicht über dem Wasser fliegen konnten und somit die Gefahr entdeckt zu werden, geringer war. Außerdem floss der Pappelwollfluss direkt in den Blauen Fjord und war somit ein sehr guter Startpunkt für Peters Fahrt mit dem Kajak. Zudem führten die Wildwechsel der Karibus genau an dieser Stelle einige Kilometer an seinen Ufern entlang, was es ideal für Steve und Wheelie machte, hier auf die Ankunft der Herde zu warten.

„Sie kommen", sagte Wheelie am nächsten Morgen, nachdem das Shuttle gelandet war. Er kniff die Augen zusammen und spähte hinüber zum anderen Flussufer. Auf den offenen Stellen der gegenüberliegenden Bergflanken konnte man im grünen Bewuchs dutzende kleine, helle Flecke erkennen, die sich zielstrebig in Richtung der Furt bewegten, wo die Tiere immer den Fluss durchquerten. „In zwei Stunden werden die Schnellsten hier sein." Sie gingen von Bord. „Also, wie abgemacht: In sechs Tagen hole ich euch hier wieder ab. Wenn ihr bis Mittag nicht da seid, komme ich am siebten Tag wieder. Seid ihr am achten Tag immer noch nicht da, suche ich euch. Im Notfall kommunizieren wir, wenn möglich, wie immer über dich, Wheelie. Peter, du bist leider ganz auf dich allein gestellt."
„Ich weiß, kein Problem", sagte Peter. „Viel Erfolg, macht es gut, Freunde!" In der Ferne hörten sie das dumpfe Stampfen der Hufe. „Ich muss euch nun leider verlassen, nicht dass wir die Herde verschrecken." Mit diesen Worten ging Ping wieder an Bord seines Schiffes und flog zurück zur Basis. Peter stieg in sein Kajak. „Bis bald", sagte er und stieß

sich vom Ufer ab. „Bis bald", antworteten Steve und Wheelie und nahmen ihren Platz ein, bereit, sich unter die Herde zu mischen. Schon konnte man die ersten Tiere kommen sehen. Steve und Wheelie ließen die anführende Gruppe passieren und reihten sich schließlich vor der nächsten in den langen Strom der Stirnwaffentragenden Wanderer ein. Einige Rentiere waren überrascht und scheuten etwas, aber nachdem die seltsamen Fremden keinerlei Aggression zeigten und auch nicht nach Raubtier rochen, beachteten die Hirsche sie bald nicht mehr und folgten unbeirrt weiter ihrem Instinkt, der sie auf ihrem langen Weg durch die Wildnis führte.

Steve und Wheelies Anderssein verlor sich bald im vielhundertfachen Schnaufen der Tiere, dem strengen Geruch ihrer kräftigen, graubraunen Leiber und dem typischen *Klick* ihrer federnden Läufe auf ihrem Weg über den von Heidekraut bewachsenen Waldboden. So zogen sie gemeinsam mit ihnen durch das weite Land, ihrem Ziel entgegen.

Peter tat ein paar kräftige Schläge mit dem Paddel, um sein Kajak auf Kurs zu bringen. Er fuhr nahe am Ufer, gerade weit genug im Fluss, um nicht auf Hindernisse wie Felsen oder ins Wasser gestürzte Bäume aufzulaufen. Die Strömung war relativ träge. Das war zwar gut für den Rückweg, wenn er stromaufwärts würde fahren müssen, aber jetzt war es ihm zu langsam. Er erhöhte seine Marschgeschwindigkeit durch ein gleichmäßiges, aber kräftesparendes Paddeln. Er wollte Zeit gutmachen, ohne sich zu verausgaben. Wer konnte wissen, wie die Verhältnisse im Fjord sein würden? Im Moment war gutes Wetter und es war fast windstill, aber Peter wusste, wie schnell sich dies ändern konnte. Es war klug, die guten

Bedingungen zu nutzen. So reiste er auf dem Fluss, lautlos und unauffällig. Die einzige Spur, die er hinterließ, waren einige unscheinbare Kringel im Wasser, die sich schnell auflösten. Trotzdem er sich auf seinen Auftrag konzentrierte, fand Peter die Muße, sich an der ungezähmten Natur, die ihn umgab, zu erfreuen.

Biberburgen in den Zuläufen und Elche, die in geschützten Tümpeln Wasserlilien abweideten und so ihren Natriumbedarf deckten, oder die unweit im Wald Pappeln, Birken und Weiden trotz der Windstille auffällig schwanken ließen, weil sie die energiereichen Triebe und das Laub abrissen, um sie zu verspeisen. Ein Schwarzbär, der geschickt, mit Zähnen und Zunge, die dicht stehenden Beerensträucher aberntete. Eine Berglöwin und ihre beiden Jungen, die an den Fluss gekommen waren, um ihren Durst zu löschen und große Kolkraben, die, ihr typisches *Klock-Klock* rufend, durch die Baumwipfel flogen oder eifrig am Boden umherstolzierten – nichts entging seinem geübten Auge und Ohr.

Peter war im Busch geboren und er trug, mütterlicherseits, wie auch sein Onkel Erik, noch das Blut der Ureinwohner in sich. Er liebte dieses Land, er liebte die fast grenzenlose Freiheit, die es bot. Er kannte auch seine Gefahren, doch sie schreckten ihn nicht. Er war ein Teil von ihm.

Ein Kajak im Fjord

Am Mündungsdelta angekommen, wählte Peter einen kleineren
Seitenarm, um nicht mit dem Hauptstrom zu weit aufs offene
Wasser des Fjordes hinausgetragen zu werden. Vom Meer her
wehte eine leichte Brise, die willkommenen Rückenwind bot.
War die Küste in der Nähe des Deltas noch relativ weit und
flach gewesen, so wich diese Landschaft bald dichtem Urwald,
der oft bis direkt an das Wasser heranreichte. Das Ufer
wurde höher und steiler und ging schließlich in schroffe
Klippen über. Zügig und ausdauernd paddelte Peter auf dem
mächtigen Meeresarm ins Landesinnere, sein kleines Kajak
nicht mehr als ein winziger schwimmender Splitter auf dem
tiefblauen Wasser.
Stunde um Stunde war vergangen und der Nachmittag näherte
sich langsam dem Ende. Wäre er ein normaler Wanderer, so
würde er sich jetzt einen geschützten Lagerplatz mit schöner
Aussicht suchen, in aller Ruhe sein Camp errichten, essen,
ausruhen und einen gemütlichen Tagesausklang genießen. So
aber wollte er das verbleibende Tageslicht nutzen, um einige
zusätzliche Kilometer zurückzulegen.

Er blickte die Uferlinie entlang und entschied sich, noch
etwas weiter zu fahren und dann am erstbesten geeigneten
Platz zu übernachten. Die nächsten Buchten waren von
geringerer Größe, so dass er es wagte, sie in gerader
Linie zu überqueren. An der siebten Bucht angekommen,

änderte der Wind die Richtung. Anstatt zum Land hin wehte er nun hinaus auf die offene See. Peter begann, nach einem Übernachtungsplatz Ausschau zu halten, aber das Ufer war hier völlig ungeeignet. Der Bewuchs mit Bäumen und Büschen war dicht und der Boden nass. Zudem waren immer wieder Stämme ins Wasser gestürzt, die ein Anlegen erschwerten oder gar unmöglich machten. Der Wind frischte merklich auf. Zurück konnte er nun nicht mehr, also blieb ihm nichts anderes übrig, als in Erwartung eines besseren Platzes weiter zu paddeln.

Einige Minuten später sah er, wonach er gesucht hatte. In rund fünfhundert Metern Entfernung lag ein Stückchen Strand geschützt zwischen zwei steilen, etwa zwanzig Meter hohen Klippen. Das war ein sicherer Hafen, der Schutz vor Wind und Wetter bot! Auch ungebetene Besucher konnten dort kaum hinkommen, zumindest nicht vom Land aus. Peter fuhr um eine Felsnadel an einer Landzunge herum. Kurz hinter dem Scheitelpunkt wurde er augenblicklich von einer kräftigen Böe erfasst, die sein Kajak in Sekundenschnelle auf den Fjord hinaus trieb. Mit kraftvollen Paddelschlägen brachte er sein Boot wieder unter Kontrolle und kämpfte sich zurück in Ufernähe - nur um dort von der nächsten Böe erfasst und wieder abgetrieben zu werden.

Der Wind nahm weiter zu und die Wellen wurden höher. Auf dem offenen Wasser trugen sie schon deutliche Schaumkronen und waren gut mannshoch. Peter wusste, würde er dort hinausgetrieben, wäre es sein Ende. Er hielt wieder auf das Ufer zu. Dann kam eine Welle, die ihn fast kentern ließ. Innerhalb von Sekunden wurde das Wasser unbezwingbar. Es half nichts, er musste aussteigen und sein Kajak treideln.

Er paddelte so nahe ans Ufer heran, wie es das dort aufgetürmte Bruchholz zuließ, warf hastig eine Bootsleine um einen Aststumpf und stieg aus. Das Wasser war kalt und reichte ihm bis zur Hüfte. Der Meeresboden verlief ungefähr fünfzig Meter weit relativ flach vom Ufer weg, um dann plötzlich steil abzufallen, soviel hatte er vorher durch das klare Wasser sehen können. Der erste Versuch, das Kajak mit der Bugleine zu ziehen, schlug allerdings fehl, weil inzwischen Wind und Wellen aus unterschiedlichen Richtungen kamen und sich das Boot ständig querstellte.

Während der nun schon kräftige Wind ablandig aufs Meer hinaus wehte, liefen die Wellen im stumpfen Winkel auf das Ufer zu. Zudem brauchte Peter beide Hände, um das Waten zu unterstützen und oft musste er sich am schwankenden Stammholz festhalten, um nicht vom Brandungssog fortgerissen zu werden. Im Wasser stehend band er jeweils eine große Schlaufe in die Bug- und die Heckleine und hängte sich diese wie Schärpen über die Schulter. Auf diese Weise entstand ein fester Winkel, so dass sich das Boot parallel zum Ufer ziehen ließ. Die Hände wie Paddel benutzend kämpfte er sich vorwärts. Bald spürte er seine Beine und Füße kaum noch. Immer wieder musste er zehn, zwanzig Meter weiter vom Ufer weg, bis ins brusttiefe Wasser, um besonders lange Baumstämme zu umgehen oder zu überklettern.

Die Sonne schickte ihre letzten Strahlen für diesen Tag zum Fjord und verschwand hinter den Bergen. Augenblicklich wurde es dunkler und kälter. Meter für Meter watete Peter durch das schaukelnde Wasser, jeder kurze Schritt so kräftezehrend wie fünfzig lange Schritte mit Gepäck an Land. So brachte er etwa vierhundert qualvolle Meter hinter sich. Plötzlich stockte ihm der Atem. Er blieb wie angewurzelt stehen. Keine dreißig Meter vor ihm stand ein gewaltiger Braunbär mit den Vorderpfoten auf dem Kadaver eines mächtigen Seelöwenbullen, der ganz offensichtlich eine große Bisswunde hatte. Der Bär hatte Peter noch nicht bemerkt. In einer seltsamen Pose stand er da, schwankte aufgebracht mit halb geöffnetem Maul hin und her und blickte wild hinaus auf die tobende See. Es war einer dieser gefährlichen Momente, wo schiere Panik in einem Menschen hochsteigt und er meint, das eigene Herzklopfen müsse doch kilometerweit zu hören sein. Aber Peter war ein gestandener Waldläufer. Obwohl er inzwischen vor Kälte zitterte, gelang es ihm, seinen Körper schnell wieder unter Kontrolle zu bringen und Herzschlag und Atmung zu normalisieren. Er wusste nur nicht, wie er sich aus dieser Situation befreien konnte. Seinen Unterhebelrepetierer konnte er kaum einsetzen, da ihn Wind und Wellen beutelten wie ein Stück Treibholz und seine Gliedmaßen inzwischen so gefühllos waren, dass er unmöglich gezielt feuern konnte.

Viel länger stehen bleiben konnte er auch nicht, weil er dann an Unterkühlung sterben würde. Es gab nur die Flucht nach vorne. Er musste weitergehen, auf Gedeih und Verderb, und hoffen – nein, fest daran glauben - dass ihn der Bär durch irgendein Wunder nicht bemerken oder verschonen würde. Seine physische Situation konnte er nicht verbessern. Es blieb nur das Wunder. Und das Wunder geschah, auch wenn es im ersten Moment nicht danach aussah. Gerade als er sich wieder in Bewegung setzen wollte, spürte er instinktiv die Anwesenheit eines zweiten Raubtiers in seiner unmittelbaren Nähe. Er wandte den Blick vom Ufer ab und sah zuerst einen

riesigen Schatten und dann die typische lange, schwarze
Finne eines Orcas, eines Killerwals, nur einige wenige
Armlängen neben sich weit aus dem tiefen Wasser herausragen.
Zum zweiten Mal innerhalb einer Minute schlug sein Herz bis
zum Hals. Er wusste zwar, dass Orcas in freier Wildbahn
normalerweise keinen Menschen angreifen, aber er hatte Sorge
um die Silhouette, die er unter Wasser abgab. Orcas mochten
keinen Menschen angreifen, aber es wurden an der Küste
sehr wohl schon Elchkadaver mit Bissspuren von Killerwalen
gefunden.

Abbildung 4: Kampf mit den Elementen

Elche sind ausgezeichnete Schwimmer, die nicht nur große
Süßwasserseen, sondern auch immer wieder Meerengen und
Fjorde durchschwimmen. Peter fürchtete, dass seine Beine

in Verbindung mit dem Kajak einem Elch ähnlich genug sein könnten, um eventuell doch einen Angriff auszulösen. Doch der große Delphin beachtete ihn nicht und warf sich unter Ausnutzung einer hohen Welle mit einem schnellen, kräftigen Schlag seiner Schwanzflosse an den Strand vor den Braunbären. Ein furioses Chaos brach los. Das war Peters Chance. Noch während er die Situation blitzschnell durchdachte – der Orca musste die große Robbe gejagt und tödlich verletzt haben, doch er konnte sie nicht packen. Entweder war es dem Seelöwen gelungen, noch den Strand zu erreichen, oder der Orca hatte ihn am Strand gejagt, vermochte es aber nicht, ihn ins Wasser zu ziehen. Wie auch immer, jedenfalls musste sich das alles unmittelbar vor den Augen des Bären abgespielt haben, der zufällig am Strand war und nun die Beute für sich beanspruchte – setzte Peter sich in Bewegung und watete weiter, so schnell er konnte. Es schien ihm eine Ewigkeit, doch es gelang ihm, sich Schritt für Schritt vom Getöse im Wasser, wo gerade heftig um die Beute gerungen wurde, abzusetzen. Während auch ein noch so starker Grizzly im tiefen Wasser ganz sicher keine Chance gegen einen Orca hatte, konnte er ihn im Uferbereich durch Bisse in die Vorderflossen wahrscheinlich erheblich verletzen.

Er wusste nicht, wer gewinnen würde und es war ihm auch völlig gleichgültig. Denn eins war sicher: es würde einen extrem misslaunigen, hungrigen Verlierer geben, und je weiter er bis dahin von diesem entfernt war, desto besser. Er kämpfte sich über den nächsten Stamm und den nächsten, durch die nächsten schäumenden Wellen, weiter und weiter, immer weiter, bis hin zur ersten Klippe. Dort wurde das Wasser so tief, dass er die letzten Meter mit dem Kajak im

Schlepptau bis zum erlösenden Strand schwimmen musste. Auf Händen und Knien kroch er schließlich erschöpft, zitternd und tropfend, mit blauen Lippen und klappernden Zähnen an Land. Dieses kleine Stückchen steiniger Sandstrand zwischen den nackten Felsen war für Tiere völlig uninteressant, es gab hier schlichtweg nichts zu holen. Für ihn, Peter, war es der rettende Hafen.

Er klaubte ein paar Handvoll dünnes, trockenes Treibholz zusammen und setzte es mit einem Streichholz in Brand. Natürlich erhöhte ein Feuer das Risiko, entdeckt zu werden, doch der Strand war kaum einsehbar, so dass Peter es guten Gewissens einging. Zwar würde er sich auch so erholen, das wusste er aus Erfahrung, doch er wusste auch, dass das Stunden dauern und schlechten Schlaf bedeuten würde. Es war besser, sich aufzuwärmen. Er musste ja bis zum Morgen wieder vollkommen bei Kräften sein.

Während die kleinen Flämmchen also höher wurden, holte er etwas stärkeres Holz und legte es auf. Gierig leckten die Flammen an dem Brennstoff und wenige Minuten später unterhielt er schon ein wärmendes Lagerfeuer, das so gut wie nicht rauchte. Er zog die nasse Kleidung aus und stellte sich ans Feuer, um sich zu trocknen. Dann holte er sein Gepäck aus dem Boot und hängte sich den Schlafsack um die Schulter. Es war nicht das erste Mal, dass er sich mit dem Land, seinen wilden Tieren und den Elementen hatte messen müssen. Und er hatte es wieder einmal geschafft, er war am Leben und er hatte sein Ziel erreicht, wenn auch mit Glück. Doch Glück gehört dazu und „... es kommt einem viel weniger zufällig zu Hilfe, wenn man es braucht und an sich glaubt, als man das gemeinhin vermuten mag", wie sein Onkel Erik immer zu sagen pflegte. Peter dachte an das Ereignis zurück. Ob ein Streit zwischen einem Braunbären und einem Killerwal um einen erlegten Seelöwen öfters stattfand oder ob es sich um eine seltene oder gar einmalige Konstellation handelte, entzog sich seiner Kenntnis. In jedem Fall ermöglichte sie es ihm, mit heiler Haut aus einer scheinbar unlösbaren Situation herauszukommen.

Er nahm zwei Waldläuferbrote aus dem Proviantsack und goss sich eine Tasse heißen Tee auf. Dankbar und zufrieden aß und trank er und wärmte sich. Inzwischen war es dunkel geworden. Er lauschte hinaus in die Nacht, konnte aber keine Auffälligkeiten feststellen. Er bereitete sein Lager und blickte kurz auf in den Sternenhimmel. Er dachte an Steve und Wheelie und wie es ihnen wohl ergehen würde auf ihrer Wanderung mit den Rentieren. Er drehte noch seine Kleidung um, in der Hoffnung, sie würde bis zum Morgen einigermaßen trocknen und legte sich dann zur Nachtruhe hin. Er liebte dieses Leben.

Die Fahrt mit den Rentieren

Steve und Wheelie befanden sich just in diesem Moment auf einem flachen, großen Felsen irgendwo am Rand eines Wäldchens und rasteten. Sie hatten keine Ahnung, ob die Tiere die ganze Nacht ruhen würden und am Morgen weiterzögen, oder ob dies nur ein kurzes Verweilen war. Deshalb hatte Steve auch keinen Schlafplatz hergerichtet. Mit dem Rücken an einen Baumstumpf gelehnt, döste er sitzend vor sich hin, nur in eine Decke gehüllt, die er rasch wieder zurück in seinen Rucksack stopfen konnte. Wheelie stand neben ihm, ein Pedal auf einen Stein gestützt.

Abwechselnd hielten sie Wache, um den Aufbruch nicht zu verpassen. Den ganzen Tag lang waren sie mit der Herde gezogen. Wald wechselte sich mit offenem Grasland ab und es erfolgte ein ständiges Einreihen, wo der Pfad immer nur Platz für einen bot, und das anschließende Wiederauffächern der Tiere auf die eigenen, individuell bevorzugten Wege. Nach einiger Zeit hatten sie sich angepasst und fügten sich nahtlos ein in die wogende Masse der Rentiere.

Zu einem dramatischen Vorfall kam es, als sie eine weite Fläche mit lockerem Buschwerk überquerten. Plötzlich kam in der Herde Unruhe auf. Steve und Wheelie wussten nicht, was los war, doch unter den Karibus verbreitete sich die Nachricht wie ein Lauffeuer: Ein großer, einsamer Wolf war

auf der Jagd! Deutlich hatte er sich gezeigt und seinen
Angriff angekündigt. Er hatte keine Mitstreiter, die im
Hinterhalt warteten und denen er ein Tier zutreiben konnte.
Ganz allein, ohne jede Hilfe, musste er einen der Hirsche zur
Strecke bringen, um sich selbst mit Nahrung zu versorgen.
Seine Strategie bestand darin, mitten in die Herde hinein
zurennen, um maximale Panik zu erzeugen und so ein schwaches
oder krankes Tier von den anderen abzusondern.

Die Karibus begannen, im Kreis zu laufen. Immer mehr Tiere
schlossen sich dem entstehenden Wirbel an. Einige Gruppen
liefen im Uhrzeigersinn, andere entgegengesetzt. Schneller
und schneller rannten sie, um es dem Jäger so schwer wie
möglich zu machen. Steve und Wheelie waren keine Rentiere. Sie
verstanden die Signale nicht, die die Tiere dazu befähigten,
ihre Bewegungen blitzschnell aufeinander abzustimmen.
Nicht nur für den Wolf war es eine Herausforderung, sich
zu konzentrieren, auch Steve und Wheelie verloren völlig
die Orientierung im instinktgetriebenen, koordinierten
Durcheinander.

Leicht hätten sie als diejenigen enden können, die von
der Herde getrennt wurden. Auch wenn Wölfe normalerweise
Menschen nicht angreifen, so waren doch Fälle bekannt, wo
genau das geschehen war und in diesem speziellen Fall hätten
sie auch ganz einfach Opfer einer Verwechslung werden können.
Möglicherweise hätte der Wolf im Eifer des Gefechts nicht
mehr zwischen Mensch und Tier als Beute unterscheiden können.
Sie hatten jedoch Glück. Statt an den gefährlichen Rand der
Herde gedrängt zu werden, fanden sie sich unverhofft in
der Mitte des Wirbels wieder. Plötzlich standen sie still,

während hunderte von Rentieren um sie herum und um ihr Leben rannten. Ganz schwindelig wurde ihnen von dem Anblick. Und irgendwann war es plötzlich vorbei. Die Tiere hörten auf zu kreisen und begannen, wieder in eine Richtung zu laufen. Steve und Wheelie schlossen sich an. Die Panik war vorbei, offensichtlich hatte der Wolf Beute gemacht. Einer der Hirsche war am Ende seiner Reise angekommen, wie es in der Wildnis Gesetz ist. Die Überlebenden zogen weiter.

Steve fiel der Kopf nach vorne und er wachte davon auf. „Jetzt kannst du ein bisschen schlafen, Wheelie", sagte er. „Ich wache." „Gerne", entgegnete Wheelie. Er gähnte. Sie sahen sich an und beide wussten, dass die Gedanken des anderen bei Peter waren. Wheelie schloss die Augen und nickte augenblicklich ein. Steve schlug seine ausgestreckten Beine übereinander und blickte in den klaren Sternenhimmel. Er fröstelte etwas, aber das störte ihn nicht. Er war die Kühle der Nacht unter freiem Himmel gewohnt und jetzt half sie ihm, während seiner Wache nicht einzuschlafen. Er nahm einige tiefe Atemzüge und horchte, ob es irgendwelche bemerkenswerten Aktivitäten um sie herum gab. Doch die Karibus hatten sich zur Ruhe gelegt.

In den frühen Morgenstunden begannen sich die Tiere langsam wieder in Bewegung zu setzen, und Steve und Wheelie mit ihnen. Es war ihr zweiter Reisetag. Sie waren beide nicht besonders gut ausgeruht. Die effektive Zeit, in der sie schlafen konnten, war nicht sehr lange gewesen und das Nachtlager nicht sehr bequem. Aber es ging schon. Dass die Hirsche nun in einer gemächlichen Gangart dahinschritten, gab ihnen Gelegenheit, erst einmal etwas zu sich zu kommen. Ob und wann sie tagsüber rasten würden, wusste Steve nicht.

So zog er einen Fladen Bannock aus seiner Beintasche, den
er während der Fahrt verspeiste und mit ein paar Schlucken
Wasser aus seiner Trinkflasche hinunterspülte. Das musste
genügen, bis sich irgendwann die Möglichkeit einer etwas
reichhaltigeren Mahlzeit ergab.

Abbildung 5: In der Herde

Schließlich erreichten sie, wie erwartet, das Hochmoor.
Die Verhältnisse änderten sich, von festem Untergrund
hin zu einem nassen, torfigen Boden, dessen dunkles, stark
huminsäurehaltiges Wasser unter Wheelies Rädern gurgelte und
empor quoll. Mit der Erfahrung aus unzähligen Kilometern
Jahreszeitenwanderung fanden die Rentiere ihren Weg auf den
wenigen begehbaren Pfaden durch den ansonsten oft bodenlosen
Sumpf mit schlafwandlerischer Sicherheit. Ihre breiten, weit

spreizbaren Hufe, die ihnen die Fortbewegung in den eisigen, verschneiten Regionen der winterlichen Tundra ermöglichten, waren ebenso gut an die Bodenbeschaffenheit der Moore angepasst. Wheelies breite Reifen folgten demselben Prinzip der Verteilung des Gewichts auf eine größere Fläche und machten es Bike und Biker möglich, mit den Hirschen auch auf diesem häufig nur wenig tragfähigen Terrain Schritt zu halten.

Die Morgensonne ging auf und kleidete das Hochmoor in märchenhafte Farben. Zu Millionen standen die hübschen rosafarbenen Moosglöckchen links und rechts des Wegs im grünen Torfmoosrasen, dessen Schwingdecke die trügerische Illusion festen Bodens vermittelte, wo in Wahrheit oft nur der Tod wartete, sollte ein Unglücklicher seinen Fuß darauf setzen. Steve und Wheelie jedoch hatten die besten Pfadfinder, die sie sich nur wünschen konnten.

Gegen Nachmittag waren sie in etwa auf Höhe der Militärbasis, auch wenn diese etliche Kilometer weiter westlich zwischen ihnen und dem Fjord lag. Steve und Wheelie erwarteten, dass sie die Wanderung mehr oder weniger schnurstracks zum Berg der vergessenen Stadt führte, doch sie wurden eines Besseren belehrt. Aus irgendeinem Grund verließen die Karibus den Hauptwanderweg und bogen alsdann scharf links nach Westen ab. „Hm, das kommt unerwartet", sagte Steve. „Vielleicht wissen sie etwas, was wir nicht wissen und der direkte Weg ist nicht gangbar", entgegnete Wheelie. „Ja, das könnte schon sein", antwortete Steve. „Wir folgen ihnen wohl besser weiter. Alleine wird das hier jedenfalls nicht leicht. Sie werden schon wissen, was sie tun." Sie verließen den Weg und bogen mit der Herde auf einen kleineren, abzweigenden Pfad ab. Unbeirrt zogen die Tiere weiter, in direkter Richtung hin zum Blauen Fjord.

Peter wurde von der Morgenkühle geweckt, etwa zwei Stunden bevor die goldene Morgensonne die Moosglöckchen um Steve, Wheelie und die Rentiere in ihr rosafarbenes Gewand kleidete. Er öffnete seinen Schlafsack und tastete nach seinen Anziehsachen. Die waren zwar über Nacht etwas abgetrocknet, aber immer noch sehr feucht. Er wollte sie deshalb erst kurz bevor er aufbrach anziehen, damit ihm durch die Muskelarbeit im Boot warm werden würde. Er fachte das Lagerfeuer an und stellte seinen Metallbecher mit Wasser an den Rand. Dann öffnete er den Fußteil und fixierte seinen Schlafsack mit einer Kordel um die Hüfte. Das Oberteil trug er wie eine Art Toga. Er sah ein wenig komisch aus, wie eine große Schmetterlingsraupe, aber es war praktisch, um sich warm zu halten und trotzdem bewegen zu können.

Er buk einen Fladen Bannock auf - dazu gab es etwas Trockenfleisch und getrocknete Beeren - und machte erst einmal Frühstück. Nachdem er sich gestärkt hatte, studierte er die Karte und plante seinen Reisetag. Normalerweise sollte er das Ziel seiner Expedition, den Eingang zum Tunnel nach Kvaltora, in den späten Nachmittagsstunden erreichen. Er putzte seine Zähne - nachdem er ja nun einmal am Fjord war, mit salzigem Meerwasser - und zog tapfer seine unangenehm klamme Kleidung an.

Er verstaute das Gepäck wieder im Kajak und beseitigte sorgfältig seine Spuren. Als er den Strand im Morgengrauen verließ, gab es nichts mehr, was darauf schließen ließ, dass dort jemand kampiert hatte. Er kam gut vorwärts auf dem spiegelglatten Wasser und noch bevor die Sonne über den Bergen aufging, war die Bucht, die er verlassen hatte, nur noch ein kleiner Punkt auf der Küstenlinie weit hinter ihm.

Fünf Stunden lang waren Steve und Wheelie nun mit den Rentieren weit nach Westen gewandert. „Es riecht nach Meer", stellte Steve irgendwann fest. Wheelie schnupperte die Luft. „Du hast recht", sagte er. Eine leichte Brise Seewind trug den Geruch frischen, kalten Meerwassers zu ihnen an Land. Mit einigen Hopsern erklommen sie einen großen, runden Findling neben ihnen. Ein Karibu drehte den Kopf und schaute sie verwundert an, ohne jedoch seinen Gang zu unterbrechen. Es hatte sich an dieses seltsame, fremde Ding, das mit ihnen zog, schon gewöhnt. Es konnte sich zwar nicht vorstellen, was man da oben wollte, aber sei's drum, schließlich kann jeder machen, was er will. Auch auf große Steine klettern, wenn er unbedingt mag.

Steve und Wheelie aber hatten gesehen, was sie wollten: Tief unten am Fuß der Berghänge, keine zwei Kilometer von ihnen entfernt, lag der große Blaue Fjord, der das Höhlengebirge von den Bergen der Küste trennte. An seinem Ende trafen sich die beiden Gebirgsketten unter der bis zu dreihundert Meter dicken Eisschicht eines mächtigen Gletscherplateaus. Irgendwo südöstlich davon lagen das Wanderungsziel der Rentiere, aber auch die Militärbasis und die Ruinenstadt Kvaltora.

Peter hatte zu dieser Zeit den allergrößten Teil seiner Reise zu dem Ort, an dem sie den Höhleneingang vermuteten, zurückgelegt. Er fuhr nun langsamer und achtete genau auf die Uferlinie. Die Höhle lag in der Nähe einer markanten Ansammlung von Felsen im Meer - eine Landmarke, die er nicht verpassen durfte.

Eine halbe Stunde später begannen die ersten Karibus mit dem Abstieg. Es war kein leichtes Unterfangen, auf dem schmalen Pfad hinunter zur Küste zwischen all den Tieren zu fahren,

66

aber Steve und Wheelie meisterten auch diese Herausforderung. Irgendwann hatten sie es geschafft und zu ihrem Erstaunen fanden sie sich nur wenige Meter neben dem Meer wieder. Die Rentiere begannen, in Kuhlen am steinigen Ufer zu lecken, wodurch die Wanderung zu einem Halt kam. Offenbar hatten sie es auf das Salz abgesehen, das sich dort durch Verdunstung des Meerwassers angereichert hatte.

Eine beeindruckende Menge großer Felsen schräg vor ihnen reichte weit in den Fjord hinein. „Das ist so spektakulär, das müssen wir uns aus der Nähe ansehen. Und wenigstens einmal die Hände ins Meerwasser tauchen!", rief Steve begeistert. „Brrr!", machte Wheelie. „Wasser – und auch noch salzig. Da rostet man doch wie nichts!" „Ja, du hast ja recht. Aber mal ganz kurz gucken können wir doch, oder?" „Ja, ja, geht schon klar", entgegnete Wheelie nachgiebig. „Du kannst gerne auch noch im Wasser planschen, wenn du möchtest, aber bleib mir bitte mit dem Salzzeug vom Leib." „Versprochen", sagte Steve. Sie rollten einige Meter weit hinaus auf die von den leichten, plätschernden Wellen umspülten Felsen. Es war eine traumhafte Szenerie. Die blaue See glitzerte in der warmen Sonne und die leichte anlandige Brise brachte willkommene Erfrischung. „Ist das schön hier!", rief Steve, überwältigt von diesem Ort und der grandiosen Aussicht. „Ja, ja, schon", musste Wheelie zugeben. „Trotz alledem."

„Steve? Wheelie?", hörten sie plötzlich eine vertraute Stimme. „Was um alles in der Welt macht ihr denn hier? Also, nicht, dass ich mich nicht freue!" „Peter!", riefen beide überrascht. „Na das ist ja ein Ding! Die Rentiere haben uns hergeführt", fügten sie noch hinzu. Peter stieg aus und machte das Kajak fest. „Brave Rentiere!", rief er den

Hirschen am Ufer zu. „Das habt ihr fein gemacht!" Die drei Freunde lachten herzlich. Steve erklärte Peter den Umweg der Karibus. „Verstehe", sagte dieser.

Plötzlich hörten sie das gedämpfte Brüllen von Triebwerken. „Kampfjets!", rief Peter. Sie blickten suchend in den Himmel. Der Lärm wurde lauter. „Aus Osten!", rief Wheelie. Vom Höhlengebirge her kam eine Formation von drei Kampfflugzeugen auf sie zu. Die Jäger hatten die Berge genutzt, um vom Fjord aus nicht gesehen zu werden. „Zu spät, wir können uns nicht mehr verstecken. In ein paar Sekunden werden sie da sein. Ich glaube zwar nicht, dass sie wissen, dass wir hier sind, sonst hätten sie Hubschrauber geschickt, aber wer weiß. Macht euch klein und bewegt euch nicht! Dann bleiben wir vielleicht unentdeckt." Pings Basis störte zwar die Elektronik der Flieger, so dass diese weitgehend auf Sicht fliegen mussten, aber hier waren nur die allerbesten Piloten stationiert. Auch mit eingeschränkten Instrumenten waren sie extrem gefährlich. „Jetzt brauchen wir Glück!", sagte Peter.

Da schoss wie aus dem Nichts ein gleißend helles Flugobjekt auf die Jäger zu. „Das ist Ping!", rief Steve. „Auf vollem Kollisionskurs!" Sie hielten den Atem an. Kurz vor dem Zusammenstoß zog Ping hoch und setzte sich hinter die Jets. Dadurch zwang er sie, den Formationsflug zu beenden und abzudrehen. Er bremste ab, wartete, bis sie die Verfolgung aufnahmen und lockte die Maschinen zurück in die Berge. Das Dröhnen verstummte. Steve, Wheelie und Peter waren gerettet. „Puh, das war knapp!", schnaufte Peter. „Der gute Ping", sagte Wheelie. „Immer zur Stelle, wenn man ihn braucht!" „Ja, wachsam wie ein Adler", sagte Steve dankbar.

68

Ein neugieriger Oktopus

„Wir sollten übrigens ganz in der Nähe der Höhle sein. Ich mache mich noch heute auf die Suche", nahm Peter ihr Gespräch wieder auf. „Viel Erfolg! Wir müssen weiter, sonst verpassen wir den Anschluss." Steve blickte hinüber zu den Rentieren, die sich anschickten, ihre Wanderung fortzusetzen. Peter nickte. „Auf jeden Fall wisst ihr nun, wo ihr mich die nächste Zeit finden könnt!" „Alles klar!", antwortete Steve. „Mach's gut, Peter, bis bald!", verabschiedete sich Wheelie und damit reihten sie sich wieder ein in den langen Zug der Rentiere.

Viele Kilometer führte sie der Marsch am Fjord entlang, bis sie schließlich geradewegs auf eine massive Felswand zuhielten, die gut zweihundert Meter in die Höhe ragte. Der Pfad schien hier zu Ende zu sein. Die Ränder jener Gebiete fielen meist abrupt ab und bildeten am nun weglosen Ufer des Fjords Steilküsten, die bis hinunter in die lichtlosen Tiefen des Meeresarms reichten. Kaltwasserhaie gab es hier und große Oktopusse, welche die zahlreichen Höhlen und Spalten bewohnten.

Während sich Steve und Wheelie fragten, wie die Reise wohl weitergehen würde, schritten die Karibus zielstrebig fort. Es entstand auch nirgends ein Stau, vielmehr schien Tier für Tier auf geradezu magische Weise im grauen Stein zu verschwinden. Als sie zur betreffenden Stelle kamen, löste sich das Rätsel jedoch: Eine vom Ufer aus nicht zu sehende, enge Schlucht nahm die Rentiere auf und führte sie langsam nach oben auf eine der dem Hochgebirge vorgelagerten, grasbewachsenen Ebenen. Je höher sie stiegen, desto mehr kam Steve und Wheelie die Umgebung irgendwie seltsam vor, ohne dass sie greifen konnten, was genau sie daran irritierte. Oben angekommen, wich die rechte Seite der Schlucht einem freien Blick auf die Landschaft, während sie linkerseits weiter emporragte. Der Fels war dicht mit Flechten bewachsen und entlang der zahlreichen Rinnsale hatte sich dichtes Moos angesiedelt. Steve streckte den Arm aus, um mit der hohlen Hand etwas von dem erfrischenden Gebirgswasser aufzufangen und zu trinken. Dabei löste sich ein großes Stück Vegetation und der darunter liegende Fels trat zutage. Ungläubig starrte Steve auf den Stein. Er stieg ab. „Was ist los?", fragte Wheelie. „Moment", sagte Steve und entfernte weiteres Moos.

Eine dünne, waagerechte Fuge war zu erkennen. Steves Finger folgte ihr etwa einen Meter weit, bis sie sich mit drei weiteren Fugen traf. „Donnerwetter! Wheelie! Wir hatten recht, hier stimmt etwas nicht. Das hier ist kein gewachsener Fels. Das ist eine Mauer. Eine riesengroße, künstliche Mauer aus Gestein, die irgendjemand vor langer Zeit gebaut hat. Sie muss zur vergessenen Stadt gehören! Ich glaube, wir haben gefunden, wonach wir suchen!" „Du hast recht, jetzt sehe ich es auch!", rief Wheelie. „Die Rentiere haben uns nicht nur durch das Moor und zu Peter, sondern auch direkt zu unserem Ziel geführt. Der scheinbare Umweg war in Wahrheit der kürzere Weg!" Die besagten Rentiere verteilten sich derweil in großer Zahl auf der Ebene. „Mögt ihr eure wohlverdiente Rast genießen, ihr lieben Tiere! Hier trennen sich unsere Wege. Danke, dass ihr es uns erlaubt habt, euch bis hierher zu begleiten. Ich weiß nicht, wie wir euch danken können, aber wir denken darüber nach. Vielleicht fällt uns etwas ein", sagte Steve an die Karibus gerichtet. Ein paar Rentiere sahen sie an, gerade so, als ob sie verstehen würden, um dann gemächlichen Schrittes weiter zu spazieren, den Kopf zu senken und zufrieden vom reichen Angebot an Gräsern und Flechten zu fressen. „So, mein guter Wheelie, das hätten wir geschafft. Jetzt müssen wir einen Eingang in die Stadt und die Tunnel der Aldorani finden. Aber das schaffen wir auch noch, was?" „Na klar!", pflichtete Wheelie voller Überzeugung bei. „Auf geht's!", sagte Steve. „Wir folgen am besten erst einmal der Wand. Mal sehen, wo sie hinführt."

Peter war wieder ins Kajak gestiegen und paddelte langsam weiter. Da hörte er ein leises Plätschern, so als ob sich jemand behutsam ins Wasser hatte gleiten lassen, um zu baden. Dies veranlasste ihn, seinen Blick vom Uferbereich abzuwenden. Er hatte sich nicht getäuscht, er war nicht mehr allein. Ein großer Riesenkrake schwamm nur wenige Meter tief dicht neben ihm im glasklaren Wasser. Auch wenn er nicht das größte Exemplar seiner Spezies war, so verfügte er mit einer geschätzten Spannweite seiner Fangarme von etwa sechs Metern doch über eine beeindruckende Körpergröße.

Peter hatte ihn wahrscheinlich bei der Jagd gestört oder sonst irgendwie aufgeschreckt, in jedem Fall sah sich der Oktopus veranlasst, seine momentane Tätigkeit zu unterbrechen und sich erst einmal Klarheit darüber zu verschaffen, was ihm da eigentlich zu nahe gekommen war. Eine akute Bedrohung schien Peters Boot nicht darzustellen, und so gewann die natürliche

Neugier des intelligenten Kopffüßers rasch die Oberhand und veranlasste ihn dazu, sich dieses ihm unbekannte, an der Oberfläche schwimmende, längliche Ding näher anzusehen. Ein kurzer Wasserstoß aus seiner Mantelhöhle beschleunigte ihn mit Leichtigkeit auf Peters Geschwindigkeit, und so kam es, dass Peter ihn eben unter seinem Kajak entdeckte.

Peter wusste, dass Riesenkraken an sich eher umgängliche Zeitgenossen waren. Soweit er sich erinnerte, waren keine Attacken bekannt, die zu ernsthaften Verletzungen geführt hatten. Dennoch schätzten sie es im Allgemeinen nicht, nachhaltig belästigt zu werden und reagierten dann verärgert und auch schon einmal tätlich, wie Taucher bereits hatten feststellen müssen. Allein durch ihre Kraft und Größe konnten sie einem Menschen gefährlich werden. Möglicherweise hätte der Krake das Boot packen und kentern können. Im Wasser wäre Peter den starken Fangarmen mit den großen Saugnäpfen oder einem schmerzhaften, giftigen Biss des großen, harten Schnabels des Mollusken mehr oder weniger ausgeliefert gewesen.
Färbung und Körperhaltung des Tieres zeigten jedoch keine Anzeichen von Aggressivität, und so beschloss Peter, die beeindruckende Sichtung einfach zu genießen. Einem Riesenkraken begegnete er ja schließlich auch nicht jeden Tag. Außerdem, der panische Versuch, jetzt hastig an Land zu gelangen, hätte die Situation ganz bestimmt nicht besser gemacht. Peter paddelte also erst einmal in Ruhe weiter wie bisher, um das Tier nicht durch eine Änderung seines Verhaltens erneut zu beunruhigen. Der Oktopus begleitete ihn interessiert. Doch auf einmal tauchte er tiefer, wurde langsamer und änderte seine Form. Auch Peter bremste ab,

um besser sehen zu können. Der Krake befand sich vielleicht acht Meter unter der Oberfläche und war immer noch gut zu erkennen. Er schien jetzt mehr über den steinigen Grund zu laufen als zu schwimmen. Peter blickte gespannt in die Tiefe - und traute seinen Augen kaum. Das, worauf sich der Krake befand, war eine Treppe. Ganz eindeutig eine richtige Treppe mit Stufen, die etwa drei Meter breit, einen knappen halben Meter hoch und ebenso tief waren. Es musste sich hier um Artefakte handeln, die zu der Alten Anlage gehörten!

Er folgte den Stufen mit den Augen bis dorthin, wo sie irgendwo in den Klippen verschwanden. Dann ging er an Land und zog das Kajak hoch zwischen die Steine. Der Teil oberhalb des Meeresspiegels war von zahlreichen Pfützen geprägt, die sich in den bis zu einen Meter tiefen, durch Gischt und Gezeiten ausgewaschenen Mulden im Fels gesammelt hatten. Mit seiner Badehose bekleidet begab er sich ins Wasser. Er wählte einen möglichst flachen Weg und watete zur Treppe. Ein Felssturz vor langer Zeit hatte den Pfad, der einst zu ihr geführt haben muss, verschüttet. Der gesamte Fuß der Klippe war mit großen und kleinen Steinen übersät.

Ein Fangarm schob sich langsam aus dem Meer. Es folgte ein zweiter, ein dritter, ein vierter und schließlich hob sich der große Kopf des Kraken aus dem Wasser. Peter blickte sich intuitiv um und sah den Oktopus nachdenklich an. Dieser bewegte sich ohne Hast und trug seinen üblichen rotbraunen Farbton, der völlige Gelassenheit signalisierte. Beide verspürten keine Furcht voreinander. Der Krake glitt über die Kante in den Tümpel und schwamm im brusttiefen Wasser elegant an Peter vorbei. Am Ende des Tümpels kroch er über

einige Steine und schlüpfte zur Hälfte in einen Felsspalt.
Hier, in den Hohlräumen und Spalten zwischen den Steinen
hatte er sein Zuhause und hier war er sicher vor Feinden.
„Na, du kennst dich hier wohl aus? Ich suche den Eingang zu
einer Höhle. Du weißt nicht zufällig, wo das ist?", sagte
Peter halb zu sich selbst, halb an den Kraken gewandt.

Wie viele Waldläufer hatte Peter die Angewohnheit, mit
sich selbst und mit den Pflanzen und Tieren zu reden, wenn
er alleine in der Wildnis unterwegs war. Der Oktopus
beäugte ihn neugierig und wanderte einige Meter weiter.
In Ermangelung eines besseren Plans folgte ihm Peter. So
gelangten sie schließlich in einen Bereich, der vom Ufer aus
nicht einsehbar war. Und plötzlich fand er den Weg. Sowohl
der Boden als auch das Gestein links und rechts wiesen
eindeutig das Erscheinungsbild eines künstlichen Bauwerks
auf, auch wenn sie stark verwittert waren und sich auf
den ersten Blick kaum vom umgebenden Fels unterschieden.
Doch Peters wachsamen Auge entging dies nicht. Er tat noch
einige Schritte und stand vor dem Eingang. Diese Höhle, oder
dieser Tunnel, wurde seinerzeit von kundigen Baumeistern in
den gewachsenen Fels getrieben, soviel war sicher. Dies war
ein Werk der Aldorani!
„Vielen Dank für die Gastfreundschaft, mein Freund! Sehr nett
von dir, mir deine schöne Wohnung zu zeigen!", sagte er zu
dem Kraken. Dieser machte es sich in einer geschützten Mulde
bequem, ganz wie ein guter Gastgeber in seinem angestammten
Lieblingssessel während eines interessanten Gesprächs mit
willkommenem Besuch. Peter lächelte. Er ging zurück zum
Kajak und holte sein Gepäck, um die Höhle zu erkunden. Das
Boot tarnte er mit Treibholz.

Raben und ein Weg durch die Mauer

Steve und Wheelie folgten einem Wildwechsel entlang der Mauer bis hoch ins Gebirge. Doch nirgends schien es ein Tor zu geben oder eine Möglichkeit, sie zu überklettern. Wie aus dem Boden gewachsen ragte sie scheinbar geradewegs bis in den blauen Himmel und fügte sich nahezu ununterscheidbar in die schroffe Silhouette des Gebirges ein. Da bemerkte Steve Kolkraben, die in einiger Entfernung auf die Wand zuflogen. Wahrscheinlich, so vermutete er, herrschte dort Aufwind, was die Vögel nutzen wollten, um sich energiesparend in höhere Luftschichten transportieren zu lassen. Doch die Raben waren nicht gekommen, um die Thermik zu nutzen. Sie kamen nach Hause. Geradewegs flogen sie auf die große Mauer zu und verschwanden.

„Hast du das gesehen, Wheelie? Als ob sie sich in Luft aufgelöst haben!", bemerkte Steve erstaunt. „Ja, hab' ich gesehen. Sehr seltsam." Wheelie kniff die Augen zusammen. Er richtete seinen Blick dorthin, wo die Raben verschwunden waren. „Da ist etwas", sagte Wheelie, „ein Schatten auf der Wand. Er blickte zur Sonne. „Aus dem Winkel, aus dem die Sonne scheint, kann es dort normalerweise keinen Schatten geben. Da muss eine Öffnung sein. Eine Art Fenster vielleicht." „Du hast Recht", bestätigte Steve. Er hatte seinen Feldstecher aus dem Rucksack genommen und sichtete die fragliche Stelle. „Ich kann es nicht genau erkennen, aber das könnte möglicherweise eine Ladeöffnung sein. Jedenfalls groß genug, dass wir durchpassen. Wir sollten nachsehen. Meinst du, wir kommen da hoch?" „Hm, das ist nicht ganz leicht", sagte Wheelie und folgte einem möglichen Weg nach oben mit den Augen, „aber es ist wahrscheinlich machbar. Ja, doch, das kriegen wir hin", vervollständigte er seine Einschätzung.

Die Mauer hatte eine leichte Neigung nach innen, möglicherweise aus Stabilitätsgründen. Ursprünglich einmal glatt an der Außenseite, hatten im Laufe der Zeit die Elemente auch ihren harten Stein verwittern lassen, so dass dessen Oberfläche nun deutlich rauer war. Steve und Wheelie stiegen in die Wand ein. Das Vorderrad auf einem kleinen Vorsprung balancierend, zogen sie das Hinterrad nach. „Geht's?", fragte Steve. „Wo ein Wheelie ist, ist auch ein Weg. Hihi!", scherzte Wheelie geistreich. „Haha", lachte Steve, „na wenigstens hast du deinen Humor nicht verloren!"

Das Maß an fahrerischem Können, das Steve und Wheelie hier an den Tag legten, war atemberaubend. Wie Bergziegen oder deren Verwandte, die Steinböcke, die scheinbar der Schwerkraft trotzend schwindelfrei in den alpinen Klippen oder den steilen Mauern der menschlichen Staudämme umherturnten, so arbeiteten sich sie sich, jeden kleinen Grat, jede Fuge und jede Ritze nutzend, seitlich die Wand hoch, bis sie nach einiger Zeit endlich in etwa doppelter Baumwipfelhöhe die Öffnung in der Mauer vor sich sahen. Diese war zirka zweieinhalb Meter breit und drei Meter hoch. An ihrer Unterkante traten die kräftigen Wurzeln einer alten Bergkiefer hervor, die auf der anderen Seite wuchs. Zwei Dickhornschafe, die ebenfalls hoch in der Mauer kletterten, um schmackhafte Kräuter abzuweiden und einer der Kolkraben blickten zu ihnen herüber, ließen sich jedoch nicht weiter stören. Steve und Wheelie hatten eine natürliche Art, sich ganz selbstverständlich zwischen den Tieren der Wildnis zu bewegen, so dass diese ihre Anwesenheit immer akzeptierten. Ein letztes Mal benutzen sie Wheelies Vorderrad als Ankerpunkt und zogen das Heck elegant auf den breiten Sims.

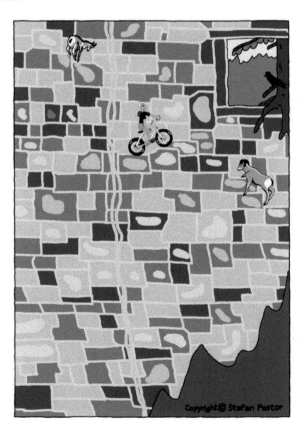

Abbildung 6: Aufstieg nach Kvaltora

„Geschafft! Das hast du gut gemacht, Wheelie", lobte Steve sein Bike. „Du auch", entgegnete Wheelie. „Du hast während der Zeit in Pings Basis nichts verlernt." Sie sahen sich um. Vor ihnen lag Kvaltora, der sagenumwobene Wohnsitz der Götter! Oder besser gesagt das, was von ihm noch übrig war. Eine Ruinenstadt, alt wie die Berge, verwittert, geplündert, von Wind und Wetter geschliffen bis auf die Grundmauern, ihre Reste überwuchert von Vegetation. Sie sahen keinerlei Anzeichen, dass irgendjemand außer ihnen hier war.

„Sehen wir uns etwas um", sagte Steve. „Irgendwo muss es einen Eingang in die Tunnel geben." Auf der Innenseite lag der Boden nur einen knappen Meter unterhalb der Öffnung. Leise hüpften sie hinunter. Die Ruinenstadt lag von Pings Basis aus gesehen ein ganzes Stück hinter dem Militärstützpunkt, aber immer noch im Bereich seines Sicherheitssystems und seinen Störsendern und gehörte, wie die gesamte Region inklusive des Fjords, zum militärischen Sperrgebiet. Sie suchten etwa eine Stunde lang die Ruine ab. Teilweise waren selbst die Fundamente nicht mehr zu sehen, weil dichter Wald, durch den gerade die letzten Sonnenstrahlen des Tages fielen, sie überwachsen hatte.
Sie wählten einen geschützten Platz aus - die Mauer im Rücken und einen kräftigen Ahorn zur Rechten - um ihr Nachtlager aufzuschlagen. Sie wagten es nicht, ein Feuer zu machen, aber wenigstens konnte Steve sich endlich einmal wieder hinlegen und richtig ausstrecken. Wie gut das tat! Die Nacht war ruhig und obwohl sie wieder abwechselnd Wache hielten, auch einigermaßen erholsam. Nach zwei Fladen Waldläuferbrot und ein paar Schlucke kalten Wassers, beziehungsweise in Wheelies Fall einem Schlückchen Leinöl zum Frühstück, machten sie sich

wieder auf die Suche nach dem Eingang in die Tunnelanlage. Es war der dritte Tag ihrer Mission. Gegen Mittag fanden sie einen ersten möglichen Hinweis, als sie an einen kleinen Bach kamen, der ihren Weg kreuzte. Dieser hatte, als er im Laufe der Zeit sein Bachbett in den unscheinbaren Waldboden grub, eine runde Steinsäule unterspült und freigelegt. Auf der Oberseite bis zur Unkenntlichkeit dicht mit Moos bewachsen, überspannte sie nun sie wie eine grüne Brücke den Bachlauf. An ihrer Unterseite jedoch war das runde Profil für das achtsame Auge erkennbar.

„Hier muss einmal etwas Besonders gestanden haben", überlegte Steve. „Irgendetwas Offizielles. Ein Tempel möglicherweise?" Sie fuhren ein paar Meter weiter und stießen auf eine weitere Säule, die ebenfalls quer über dem Bach lag. Als sie in einem Bogen die Stelle umfuhren, stellten sie fest, dass das Gelände plötzlich nach unten abfiel und Mauerreste sichtbar wurden. „Dieser ganze Hügel besteht aus aufeinander getürmten Mauersteinen. Irgendetwas muss hier vor langer Zeit fürchterlich gewütet haben", sagte er.

Wheelie sah sich um. Sie befanden sich nun inmitten eines Labyrinths aus hohen Schutthügeln und tiefen Gruben, einstige Kellerräume vielleicht. Sein Blick blieb haften. „Schau mal! Dort drüben!", rief er. Steve drehte seinen Kopf in die Richtung, die Wheelie anzeigte. „Donnerwetter", sagte er. „Also wenn das keine Torwächter sind, dann weiß ich auch nicht!" Einige Meter weiter unten im Hang eines gegenüberliegenden Hügels waren zwei große Säulen zu sehen, die zu Figuren gehauen waren. Sie waren verwittert, aber man konnte deutlich erkennen, dass es sich um Gestalten handelte, die Furcht einflößen sollten. Mythische Tierwesen

oder Berggeister oder dergleichen. Über ihnen trug ein
mächtiger, monolithischer Sturz, der mit geheimnisvollen
Inschriften und Reliefs versehen war, die schweren Reste
einer dicken Mauer.

Abbildung 7: Der verborgene Eingang

Schräg aus dem Inneren wuchs ein großer Ahorn ins Freie. Neben seinem starken Stamm gähnte die dunkle Öffnung, die ganz offensichtlich in den Berg hinein führte. Die Innenseiten der Säulen wiesen große, runde Löcher auf, die wahrscheinlich einmal eiserne Türangeln hielten. Jedenfalls war der Granitstein in der Umgebung der Löcher wie durch Rost schwarzbraun verfärbt. Falls diese Öffnung irgendwann durch zwei Türblätter verschlossen wurde, so war von ihnen jedoch nichts mehr zu sehen. Möglicherweise wäre man fündig geworden, hätte man im Boden danach gegraben. Die ganze Konstruktion war zwar in sich etwas verschoben, woran auch die kräftigen Wurzeln des Ahorns ihren Anteil gehabt haben mochten, doch sie wirkte noch immer überaus stabil. „Das sieht sehr vielversprechend aus", sagte Wheelie als sie hinunterfuhren.

„Die furchteinflößenden Figuren sollten bestimmt Unbefugte davon abhalten, durch die Tür zu gehen", vermutete Steve. „Wahrscheinlich", sagte Wheelie, „aber wir sind ja genau deswegen hier." Er schaltete sein Licht ein und sie rollten beherzt, aber umsichtig, hindurch. Sie kamen in einen großen Raum, an dessen Ende sich ein aus dem gleichen unbekannten Metall bestehendes Tor befand, wie sie es aus Pings Basis kannten. Es war verbogen und stand halb offen. Es sah aus, als ob es seit Ewigkeiten nicht mehr bewegt worden war. „Hier sind wir richtig, Wheelie!", sagte Steve.

Sie passierten das große Portal. Während der Tunnel im Eingangsbereich noch staubig und verschmutzt war – einige Tiere hatten ihn erkundet, nur um festzustellen, dass er nichts Essbares bot und als Behausung nicht taugte – wies er bald die perfekten Oberflächen auf, wie sie sie schon kannten.

Selbst wenn sie anfangs Zweifel gehabt hätten – es stand völlig außer Frage, dass dieses Bauwerk zum Tunnelsystem der Aldorani gehörte. Sie fuhren dauernd mit Licht, weil in dieser Dunkelheit ohne fortschrittliche Navigationshilfen, wie sie Pings Shuttle hatte, sonst kein Fahren möglich gewesen wäre.

Der Tunnel führte meistens in einem deutlichen Gefälle nach unten, nur gelegentlich verlief er für eine kurze Weile horizontal. Einmal kamen sie an einem der mächtigen Tore vorbei, das aber geschlossen war. Eine Erkundung dessen, was hinter ihm lag, schied deshalb von vornherein aus. Sie markierten die Stelle auf der groben Karte, die sie auf ihrer Expedition erstellten. Nach etwa fünf Kilometern kamen sie an einer Abzweigung vorbei. „Hm, was machen wir nun?", fragte Wheelie und stoppte. „Wir erkunden erst einmal unserem Tunnel hier. Ich bin mir ziemlich sicher, dies ist der Himmelssteig, der von Kvaltora hinunter zum Blauen Fjord führt. Das Gefälle spricht jedenfalls dafür. Wir müssen uns Übersicht verschaffen. Vielleicht finden wir ja auch ein Lebenszeichen von Peter", sagte Steve. Gerade als sie wieder anfahren wollten, blitzte in der Ferne ein Lichtschein an der Tunnelwand auf. „War das von dir, Wheelie?", fragte er. „Ich glaube nicht, ich habe nichts gemacht. Und so weit reicht mein Licht gar nicht." „Dann kommt da jemand", sagte Steve. „Soll ich es ausmachen?", fragte Wheelie. „Nein. Wer auch immer das sein mag, hat uns längst bemerkt. Außerdem sehen wir dann nichts. Hoffen wir, dass es Peter ist."

Es war Peter. Wie Steve und Wheelie hatte er vom Höhleneingang aus das Tor zu den Tunneln gefunden, und wie oben in der Ruinenstadt war es seit langem aufgebrochen. Er fragte sich, welche brutale Kraft dazu wohl in der Lage gewesen sein mochte, ein schwerer Panzer hätte es nicht öffnen können. Mutig war er in die Dunkelheit der unterirdischen Welt eingetreten und hatte den Tunnel talseitig erforscht. Die Freunde begrüßten sich freudig.

Ganz unerwartet war die Begegnung natürlich nicht, aber trotzdem, es war alles andere als sicher, dass sie sich hier finden würden. „Vom Strand bis hierher gibt es nichts. Keine Tür, kein Tor, keinen Abzweig, gar nichts", berichtete Peter. „Nur den Tunnel und die Höhlen. Habt ihr etwas gefunden?" „Nur diesen Abzweig hier, und weiter oben eines der großen Tore. Das ist aber geschlossen", entgegnete Steve. „Gut", sagte Peter, „dann sehen wir ihn uns zusammen an." Um Strom zu sparen, schaltete er seine Lampe aus. Wheelies Licht war ohnehin besser. Steve und Peter nutzten die Pause für einen Schluck Wasser aus der Feldflasche. Dann machten sie sich wieder auf den Weg. Die nächsten zwei Stunden Marsch verliefen völlig ereignislos. „Wenn ich mir Pings Hologramm ins Gedächtnis rufe und unseren Weg hier abschätze, sollten wir ganz in der Nähe des Militärstützpunkts sein. Allerdings einige Stockwerke tiefer", überlegte Steve. „Das habe ich mir auch gerade gedacht", bestätigte Peter. „Möglich, dass das Militär den Tunnel kennt. Wir müssen aufpassen."

Nach einer Weile begannen Schäden an den ansonsten perfekten Tunnelwänden und am Boden aufzutreten. Schließlich erreichten sie einen der senkrechten Verkehrsknotenpunkte. Der Tunnel auf der anderen Seite war komplett verschüttet und auch die runde Plattform, die einst als Lift diente, war bis in die oberen Etagen hin voll mit aufgetürmtem Geröll. „Ich glaube, wir sind jetzt auf der anderen Seite des Einsturzes", sagte Wheelie. „Hier geht's nicht weiter. Höchstens nach oben." Steve und Peter blickten den Schacht hoch. Tatsächlich waren zwischen den großen Gesteinsbrocken oft ein bis mehrere Meter breite Spalte, so dass die Möglichkeit bestand, hochzusteigen. „Was meint ihr?", fragte Peter. „Schön ist das nicht, ganz und gar nicht, aber wenn wir nicht mit leeren Händen zurückkommen wollen, müssen wir da hinauf und nachsehen", sagte Steve. „Ich wüsste nicht, was wir sonst tun sollten." „Sehe ich genauso", meinte Wheelie.

„Dann sind wir uns wieder einmal einig", sagte Peter und setzte seine Stirnlampe auf, um die Hände frei zu haben. Steve und Wheelie fuhren natürlich hoch, das heißt, sie sprangen und hüpften, drehten sich und nutzen jedes bisschen Halt und jeden Vorsprung, um sich weiter emporzuarbeiten. Peter kletterte hinterher. Im nächsten Stockwerk sah es nicht besser aus, es ging nur nach oben weiter. Fünf Stockwerke höher trafen sie wieder auf einen Tunnel, der notdürftig freigeräumt worden war. In der Wand war ein gut eineinhalb Meter breiter Riss. Sie gingen hin und untersuchten ihn. Der Riss war künstlich erweitert worden und ging in einen rohen Stollen über. „Das stammt nicht von den ursprünglichen Baumeistern", stellte Peter fest. „Viel zu derb gearbeitet und viel zu klein für die damaligen Bewohner. Das wurde von Menschen gemacht."

Sie folgten dem Stollen und gelangten in einen Raum mit dicken Betonwänden. Eine frühere Türöffnung war zugemauert worden. In dem Raum befand sich eine Bombe, die scheinbar zur Detonation vorbereitet war. Eine Atombombe, um genau zu sein, wie die entsprechenden Hinweise auf nukleare Gefahr verrieten. „Oh, oh!", entfuhr es Steve. „Das kann man wohl sagen", meinte Peter. „Wir müssen irgendwo unter dem Militärstützpunkt sein. Vielleicht auch ein ausgelagertes Depot in der Nähe. Es muss tief genug sein oder weit genug weg von Zentrum, sonst hätte man dort etwas von den Arbeiten hier mitbekommen. Wer auch immer das war, hat Kenntnis vom Grundriss des Stützpunkts und wusste genau, was er tut. Lasst uns zurückgehen. Wir haben genug gesehen."

Da hörten sie ein Poltern aus dem Schacht. Einige Steinblöcke waren weiter nach unten gerutscht. Zwar gab es noch Lücken, durch die sie sich hätten zwängen können, doch erschien ihnen das Risiko recht hoch, bei einer erneuten Bewegung der Brocken eingeklemmt oder zerquetscht zu werden. Sie beschlossen deshalb, dem oberen Stollen zu folgen. Wie sich nach kurzer Zeit jedoch herausstellte, führte er in das Innere des Berges, nicht hinaus. Allerdings gab es einen kleineren Seitenstollen. Die Wände waren ziemlich grob aus dem Fels gemeißelt worden und er schien in die richtige Richtung zu führen. „Wenn ihr mich fragt", sagte Peter, „wurde auch dieser Stollen von Menschenhand geschaffen. Mit etwas Glück sind wir hier richtig."

Er sollte Recht behalten. Nicht nur führte der Stollen in die gewünschte Richtung, er war sogar eine Abkürzung, und zweifellos war er irgendwann genau zu diesem Zweck angelegt worden. Unweit des Tempeleingangs führte er ins Freie. Erleichtert füllten sie ihre Lungen mit der frischen Bergluft. „Wir sollten zusammenbleiben", sagte Steve. „Wenn einer von uns irgendwo in Schwierigkeiten gerät, muss Ping ihn suchen

und die ganze Mission wird verzögert. So aber können wir
uns gegenseitig helfen. Ich schlage vor, wir gehen hinunter
zum Fjord und nehmen dann den Pfad der Rentiere zurück.
Wir kennen ja jetzt den Weg durchs Moor. Besonders schnell
können wir dort sowieso nicht fahren und du bist gut zu Fuß.
Wir marschieren nachts, um nicht gesehen zu werden. Tagsüber
schlafen wir in einem Versteck." „In Ordnung", stimmte Peter
Steves Vorschlag zu.

So gelangten sie am Vormittag des sechsten Tages zum
vereinbarten Treffpunkt, wo Ping sie pünktlich zur Mittagszeit
abholte.

In der Höhle des Löwen

Ping hörte sich den Bericht von Peter, Steve und Wheelie aufmerksam an. „Das war gute Arbeit, meine Freunde. Ich danke euch!", begann er. „Es lässt sich daraus folgender Zwischenstand ableiten: Irgendwer hat unter dem Militärstützpunkt Bauarbeiten vorgenommen, um in einem versteckten Raum eine Atombombe zu deponieren und zur Sprengung vorzubereiten. Dadurch kam es jedoch zu einem Steinschlag in den ohnehin schon einsturzgefährdeten Bereichen der Stollen und Schächte.
Das war die Ursache für das seismische Signal, das wir herausgefunden haben und das aus den offiziellen Aufzeichnungen entfernt wurde. Wahrscheinlich hat der atomare Sprengkopf der Bombe dann das Warnsystem der Alten Anlage aktiviert. Und nachdem die Bedrohung nicht abgestellt wurde, warnt es noch immer. Offenbar handelt es sich um einen von langer Hand geplanten Anschlag auf den Stützpunkt. Aber warum? Und von wem? Wer hat einen atomaren Sprengsatz zur Hand, um ihn für einen Anschlag zu verwenden? Wer hat ein Interesse daran, einen mitten in der Wildnis gelegenen und für die Landesverteidigung im Moment nicht herausragend wichtigen Militärstandort so spektakulär in die Luft zu jagen? Welchen Sinn hat das?"
„Und warum gerade eine Atombombe, um alles in der Welt?", fragte Steve. „Na ja", überlegte Ping, „ein herkömmlicher Sprengsatz, der stark genug ist, um das Gestein und die

massiven Betonbauten zu zerstören, wäre sehr groß und schwer. Den hätten sie niemals heimlich dort hinschaffen können. Wahrscheinlich ist das der Grund." „Wäre deine Basis durch die Detonation bedroht?", wollte Steve weiter wissen. „Nein. Die Bombe ist zu weit weg und die Basis ist überaus stabil. Selbst von einem radioaktiven Fallout wäre ich nicht betroffen. Die Basis und mein Shuttle sind sicher. Meine Arbeit in der unmittelbaren Umgebung würde etwas leiden, aber das wäre auch schon alles", entgegnete Ping. „Natürlich ist eine Atomexplosion sozusagen vor der Haustür nicht das, was man sich wünscht", fügte er hinzu. „Die Umgebung könnte ja schon betroffen sein, je nachdem, wie der Wind weht. Und auf dem Militärstützpunkt würde großer Schaden angerichtet." Ping überlegte. „Wir kommen hier nicht weiter. Wir müssen uns mit dem Professor beraten."

Sie stiegen ins Shuttle und schossen aus der Doline. Ping flog jetzt volle Reisegeschwindigkeit. Zwei Minuten später landete er das Schiff im Tarnmodus direkt hinter der Universität in einer Gruppe Bäume. Peter ging von Bord und eilte zu Professor Murpelius.
„Das ist eine ernste Sache", sagte dieser. „Ich muss jemanden kontaktieren. Warte hier auf mich." Mit diesen Worten verließ er den Raum. Zweieinhalb Stunden später kam er zurück. „Ich habe neue Informationen. Bring mich zu Ping." Sie gingen zum Shuttle. „Ich habe mit einer Kontaktperson gesprochen", begann er die Beratung. „Man hat nachgeforscht und Folgendes in Erfahrung gebracht: Es handelt sich, wie von euch vermutet, um einen geplanten Anschlag. Der Militärstützpunkt ist dabei jedoch nur Mittel zum Zweck. Das eigentliche Ziel ist Ping. Mächtige Leute sind nach wie

vor hinter Ping her. Sie wollen die totale Kontrolle über die Welt. Dazu brauchen sie das Pudilium. Sie sind mit der Situation im Höhlengebirge absolut unzufrieden. Sie haben Militär- und Geheimdienstkreise infiltriert. Sie wollen, dass der Stützpunkt vergrößert wird. Sie glauben, mit mehr Schlagkraft können sie Ping bezwingen und seine Basis plündern. Aber Forschungs- und Verteidigungsministerium ziehen nicht mit, weil von Ping nie eine direkte Gefahr ausging und er sich auch als zu überlegen erwiesen hat. Deshalb wollen sie einen Angriff vortäuschen, diesen Ping in die Schuhe schieben und Regierung und Militär so gegen ihn aufbringen. Um das zu erreichen, sind sie bereit, auch ein paar Dutzend oder einige Hundert Soldaten zu opfern. Genau genommen sind sie dazu nicht nur bereit, es ist sogar ihre Absicht. Wut soll entstehen und Rache soll geübt werden."

„Wie gemein!", empörte sich Wheelie. „Ja, da hast du recht", sagte Professor Murpelius. „Wir dürfen das nicht zulassen!", rief Steve. Ping dachte kurz nach. „Ich denke, wir sollten einem alten Bekannten einen Besuch abstatten", sagte er. „Jetzt, sofort?", fragte Peter. Er ahnte, wer gemeint war. „Ja, jetzt, sofort", sagte Ping. Der Professor kehrte zu seinem Büro zurück und Ping startete das Schiff und gab vollen Schub. Drei Minuten später waren sie über dem Militärstützpunkt.
Ping flog im Angriffsmodus. Er hatte jetzt keine Zeit für die üblichen Katz-und-Maus-Spielchen mit den Abfangjägern. Er kannte aufgrund seiner eigenen Aufklärung den Stützpunkt genau. Mühelos durchbrach er ihre Verteidigungslinien und landete aus voller Geschwindigkeit direkt vor der Schreibstube des Kommandanten. Er aktivierte den Schutzschild, damit

seine Freunde in Sicherheit waren. Alles geschah so schnell, dass zunächst niemand reagierte. „Alarm!", rief schließlich einer der Soldaten. Wache und Bereitschaft kamen gerannt und nahmen ihre Plätze ein. Der Kommandant stürzte aus dem Gebäude und blieb vor dem fremden Fluggerät stehen. „Sollte mir etwas zustoßen, fliegt euch das Shuttle selbsttätig zurück zur Basis", sagte Ping und trat durch die Frontluke ins Freie.

„Na, du hast vielleicht Nerven, hier aufzukreuzen!", brüllte der Kommandant. Er erinnerte sich nur zu gut an ihre letzte Begegnung vor Steve und Wheelies Blockhütte. „Ich habe mit dir zu reden", sagte Ping unbeeindruckt. „Es ist wichtig."

Abbildung 8: Der Kommandant

„Ich glaub's ja nicht", sagte der Kommandant. Da jagte man diesen Kerl fast seine gesamte Dienstzeit, und dann platzte er hier einfach so herein. „Ich sollte dich auf der Stelle festnehmen lassen!" „Du solltest mich besser anhören", entgegnete Ping. „Wo sind wir ungestört?" „In meinem Dienstzimmer. Komm mit." Der Kommandant war ein erfahrener, alter Kämpe mit einem scharfen Instinkt. Ganz offensichtlich ging es hier wirklich um etwas Wichtiges. Ping schritt aufrecht die Gangway hinunter.

„Fasst mein Schiff nicht an!", drohte er den umstehenden Soldaten. „Es würde euch schlecht bekommen!" Das Shuttle schimmerte gefährlich auf, eine uneinnehmbare, außerweltliche Festung, wie aus dem harten, kalten Licht einer fernen Galaxie im All geschmiedet. Ohne jede weitere Erklärung folgte er dem Kommandanten zum Gebäude. „Tut, was er sagt", befahl dieser und schloss die Tür hinter sich. „Mitten hinein in die Höhle des Löwen!", sagte Steve. „Also Mut hat er, unser Ping!", pflichtete Wheelie ihm bei. „Ich möchte ihn nicht zum Feind haben", sagte Peter. Sie sahen, wie Ping etliche Worte mit dem Standortkommandanten wechselte. Dieser hatte ganz offensichtlich einiges an Fragen. „Das berichten dir meine Aufklärer am besten selbst", sagte Ping. Er trat ans Fenster und gab Peter, Steve und Wheelie zu verstehen, dass sie aussteigen sollten. Zwei Soldaten geleiteten sie ins Dienstzimmer zur Besprechung. „Hier muss irgendwo ein Nest sein", sagte der Kommandant. „Aufklärer, pah! Unbefugtes Eindringen in einen militärischen Hochsicherheitsbereich! Wenn das herauskommt, kostet mich das meinen Kopf! Ihr seid Zivilisten. Partisanen! Was denkt ihr euch eigentlich?"

„Genau genommen trage ich eine Uniform, wenn auch die einer euch unbekannten Streitmacht", entgegnete Ping und tippte mit dem Finger auf sein Abzeichen am Oberarm. „Ich bin zwar Wissenschaftler, aber auch Militärpilot im Rang eines Majors". „Ich bin Unteroffizier der Reserve", sagte Peter. „Ich bin Gefreiter außer Dienst", sagte Steve. „Wir haben beide gedient!" Wie alle wehrtauglichen jungen Männer des Landes hatten auch sie ihren Wehrdienst geleistet.

„Das macht es nicht besser. Dann seid ihr eben Spione", sagte der Kommandant. „Ich heiße Wheelie und ich bin ein Mountainbike", sagte Wheelie. Der Kommandant sah ihn an. „Ein blaues Alien, ein sprechendes Mountainbike und zwei Veteranen in Zivil überfallen meinen Stützpunkt! Also jetzt habe ich wirklich alles gesehen! Aber egal, fangt an, ich höre." Kurz und knapp erstatteten sie Bericht. Der Kommandant überlegte. „Ich sollte das nicht sagen", meinte er schließlich, „aber was ihr gemacht habt, war richtig. Es war richtig, nachzusehen und es war richtig, zu mir zu kommen. Wir haben nur ein Problem – unser blauer Freund hier ist ein militärisches Ziel allerhöchster Priorität. Und ihr seid Kollaborateure." „Aber Ping hat überhaupt nichts gemacht!", protestierte Wheelie. „Er war lange vor uns allen hier!" „Darum geht es nicht, Wheelie", sagte der Kommandant überraschend milde. „Wir haben einen Auftrag. Ich habe Befehle. Und in dieser speziellen Sache von ganz oben. Von so weit oben, dass die meisten gar nicht wissen, dass dieses Oben überhaupt existiert. Alles andere als euch sofort festzunehmen und den Geheimdiensten zu überstellen, ist Landesverrat. Das bringt mich vors Kriegsgericht, wenn es herauskommt." „Oh!", sagte Wheelie.
„Was gedenkst du zu tun?", fragte Ping. „Aug' um Auge, Zahn um Zahn", antwortete der Kommandant. „Du hast mir und meinen

Leuten damals unser Leben und unsere Freiheit geschenkt. Du hast uns verschont. Ich bin dir etwas schuldig. Ein Leben für ein Leben. Ihr seid frei zu gehen, wohin ihr wollt. Ich danke dir für die Warnung. Aber irgendjemand will uns in die Luft jagen und unsere verkohlten Schatten publikumswirksam in den Fels hier brennen. Ich muss mich um die Bedrohungslage kümmern. Und das geht sehr viel schneller mit euch. Wir sollten zusammenarbeiten. Deshalb bitte ich euch um eure Hilfe. Wir müssen die Position dieses Raums ausfindig machen, den Status der Bombe klären und wenn möglich herausfinden, wer sie dort deponiert hat. Auch in eurem Interesse. Einen Nuklearsprengsatz hat man nicht einfach in der Hosentasche. Wir haben hier entweder den Feind in unseren Reihen oder aber er kann vor unserer Nase operieren, wie es ihm gefällt, ohne dass wir es mitbekommen. Das ist inakzeptabel. Was meinst du dazu?"

„Einverstanden", sagte Ping. „Du bist ein aufrechter Mann. Ich hatte gehofft, dass du das bist. Ich schlage dir Folgendes vor: Du kümmerst dich um die Bombe. Peter führt dich hin. Steve und Wheelie bleiben bei mir. Ich kümmere mich jetzt erst einmal um das Wo und später um das Wer." „Abgemacht", sagte der Kommandant.
„Soldaten!", sprach er Peter und Steve unvermittelt an, „Kraft meiner Dienststellung als Standortkommandant reaktiviere ich Sie hiermit aus Gründen der nationalen Sicherheit und stelle Sie in den Dienst dieses Stützpunkts. Sie dienen ab sofort als Agenten der Aufklärung. Sie beide stehen ausschließlich unter meinem persönlichen Kommando!" Er sah erst Peter und dann Steve offen ins Gesicht. „Gibt es Einwände?" „Keine Einwände, Herr Oberst!", antworteten

beide militärisch korrekt. „Dann sind damit die Formalitäten erledigt", sagte der Kommandant. „Das ist notwendig, sonst kommen wir alle hier in Teufels Küche."

„Gut", sagte Ping zum Kommandanten. „Wir fliegen mit dem Shuttle nach Kvaltora. Wenn ihr dort mit euren Helikoptern anrückt, werden mögliche feindliche Kräfte gewarnt und zu Fuß dauert das alles viel zu lange. Steve und Wheelie zeigen dir den Eingang zum Tempel. Ich nehme an, du willst die Eingänge sichern. Dann beobachten sie die Umgebung um das Shuttle und fungieren als Melder, falls nötig. Peter führt das Team zur Bombe. Ich gebe euch einen Peilsender mit, den ihr im Bombenraum einschaltet. Dieser sendet auf einer Frequenz, die ich trotz der Störsignale meiner Sicherheitsanlage empfangen kann. Damit bestimme ich die Koordinaten. Wenn ich damit fertig bin, schalte ich euren Sender per Fernbedienung aus. Dann wisst ihr, dass wir erfolgreich waren und ihr zurückkehren könnt. Wir fliegen zurück und ich gebe dir das Ergebnis der Standortbestimmung. Du weißt dann, wo der Raum liegt und kannst entsprechende Maßnahmen einleiten.

„Sehr gut", sagte der Kommandant. Er öffnete die Tür und rief seinen Adjutanten. „Achter-Team bilden: drei Jäger, vier Einzelkämpfer und Major Nucletti von der Kampfmittelabwehr. Proviant für eine Woche. Strengste Geheimhaltung. Abmarsch in dreißig." Der Adjutant wiederholte den Befehl und ging sofort los, um ihn auszuführen. Dreißig Minuten später stand das Team einsatzbereit im Hof. Sieben Männer und Atommka Nucletti, die einzige Frau im Team. Sie hielt einen Doktortitel in Kernphysik und war die Spezialistin für Nuklearwaffen. „Aufsitzen!", gab der Kommandant den Befehl zum Einsteigen in Pings Shuttle. Obwohl die Soldaten Profis waren, die für ihren Auftrag durch Dick und Dünn gingen und schon viel gesehen hatten, konnten sie es sich nicht verkneifen, einige neugierige Blicke auf das geheimnisvolle Flugobjekt zu werfen, das sie schon so lange jagten.

Wie besprochen, setzte Ping sie nahe der Tempelruine ab. Steve und Wheelie brachten das Team zum Eingang. „Hier ist es", sagte Steve. Der Kommandant positionierte zwei Einzelkämpfer am oberen Tor. „Sichern!", befahl er. Die beiden anderen schickte er zur Höhle am Fjord. „Wenn ihr dort unten einem großen Oktopus begegnet, tut ihm nichts", sagte Peter. „Er ist harmlos und hat mich hergeführt." Die beiden Soldaten nickten. „Verstanden!", sagten sie. Dann brachten Steve und Wheelie den Rest des Teams zum Seitenstollen. Ab dort übernahm Peter und führte sie zur Bombe. Peter, der Kommandant und Major Nucletti betraten den Raum. Die drei Jäger sicherten Eingang, Stollen und Schacht. „Was meinst du dazu?", fragte der Kommandant die Spezialistin. „Das ist eine Nuklearwaffe von sehr hoher Sprengkraft. Jemand wollte sichergehen, dass es hier ordentlich rumst." „Ist die Bombe scharf?" „Muss ich mir ansehen", antwortete sie. „Dauert eine Weile."
Ein Kontrolllicht an Peters Peilsender begann zu leuchten. „Der Sender ist jetzt aktiv", meldete er. Das Gerät blinkte in verschiedenen Modi, offensichtlich lief ein bestimmtes Programm ab. Nach einigen Minuten erlosch die Anzeige wieder. „Ping hat den Sender soeben abgestellt. Die Peilung ist damit beendet", gab Peter den Sachstand durch. „Die Bombe ist scharf", sagte Major Nucletti schließlich. „Einundfünfzig Minuten bis zur Detonation."

Heldentaten

„Kannst du sie entschärfen?", fragte der Kommandant. „Ja, aber nicht schnell genug. Der Zündmechanismus wurde stark verändert", antwortete sie.

Abbildung 9: Einundfünfzig Minuten

„In dieser kurzen Zeit bekommen wir die Bombe hier nicht weg", sagte der Kommandant. „Es ist aber auch zu knapp, um den Stützpunkt zu evakuieren. Schwierige Lage." Er dachte nach. „Ich habe eine Idee!", rief Peter. „Keine Zeit für Erklärungen. Wir müssen zum Shuttle, so schnell es geht! Alles weitere dort! Vertraut mir!" „In Ordnung! Lauft!", rief der Kommandant. Sie ließen das gesamte Gepäck zurück und nahmen nur ihre Waffen mit. Sie liefen die rund zwei Kilometer durch den Stollen in etwa neun Minuten. Oben angekommen bezogen die Jäger sofort Posten um das Shuttle und sicherten den Einsatzort. Niemand wusste, ob nicht vielleicht feindliche Kräfte in der Nähe waren.

„Steve, Wheelie, Ping! Hört zu!", rief Peter. „Die Bombe detoniert in achtunddreißig Minuten. Zu wenig Zeit, um den Stützpunkt zu evakuieren. Habt ihr den Bombenraum lokalisiert?" „Ja", antwortete Ping und zeigte die Lage des Raums im Hologramm, das er schon vorbereitet hatte. „Das ist nicht tief genug. Die Hälfte des Stützpunkts wird in die Luft fliegen, und viele gute Leute mit ihm", sagte der Kommandant. „Wie lautet dein Plan, Peter?" „Steve, Wheelie und ich holen sie. Mit unserem Lastenbrettwagen. Wir müssen sie irgendwohin transportieren, wo sie den geringsten Schaden anrichten kann. Wo könnte das sein? Schnell! Denkt nach!" „Im Meer!", „In einem Vulkan", „In einer Gletscherspalte", lauteten die Vorschläge. „Im Weltraum", sagte Wheelie. „Das ist es!", rief Ping. „Holt die Bombe. Ich bringe sie in den Weltraum!"

„Holt die Bombe. Ihr scheint zu wissen, was ihr tut", sagte der Kommandant. „Fahrt um unser aller Leben!" Sie schnappten sich den Wagen, der noch im Shuttle war, hängten ihn an

Wheelie und preschten los. In weniger als fünf Minuten waren sie bei der Bombe. Peter und Steve luden die schwere Nuklearwaffe auf den Wagen und verzurrten sie mit einem Seil, damit sie nicht herunterfallen konnte. Peter stellte sich darüber. „Los!", rief er. Natürlich war die Rückfahrt mit der Last schwieriger, und dass der Stollen nur wenig mehr als schulterbreit und neben Wheelies Lenkerenden links und rechts kaum zehn Zentimeter Platz waren, machte es nicht einfacher. Doch auch das vermochte sie nicht aufzuhalten. So schnell sie konnten, fuhren sie den engen Gang entlang. Sie erreichten den Ausgang und hielten auf das Shuttle zu. Peter sprang ab und rannte ins Schiff. „Wir haben sie. Wie lange noch?", rief er.

„Viereinhalb Minuten", antwortete Ping. „Lasst die Bombe auf dem Wagen. Hängt ihn nur von Wheelie ab, schnell!" „Geht jetzt von Bord", sagte er zum Kommandanten und zu Major Nucletti. „Negativ. Ich muss bei der kontrollierten Zerstörung anwesend sein", widersprach diese. „Kommt nicht in Frage, Nucletti, steig aus!", rief der Kommandant. „Negativ", wiederholte sie, „Dienstvorschrift!" „Dreieinhalb", zählte Ping. „Ich enthebe dich von deinem Posten und übertrage dir das Kommando über den Stützpunkt bis zu meiner Rückkehr. Und jetzt steig aus, Atommka. Los! Das ist ein Befehl!" „Drei Minuten." Atommka und Peter rannten aus der Luke.

Steve hatte den Wagen von Wheelie abgehängt und beide schickten sich an, den Gefahrenbereich zu verlassen. Doch ein am Boden liegender Ast war hochgeschnellt und blockierte Wheelies Vorderrad, weswegen dieser das Gleichgewicht verlor und sich mit dem Lenker im Geschirr verfing. Ping hob ab und nahm die

Bombe mit dem Traktorstrahl an Bord. Entsetzt musste Steve zusehen, wie Wheelie mit emporgehoben wurde und hilflos am Wagen mit der Bombe hing. Dies alles geschah in nur wenigen Augenblicken. Ping bemerkte das Unglück und setzte dazu an, wieder zu landen, um Steve Gelegenheit zu geben, Wheelie zu befreien, wohl wissend, dass dies Zeit kosten würde, die sie eigentlich nicht hatten. Da peitschte ein Schuss durch die Luft. Peter hatte sofort reagiert. Erst sah er Steves entsetztes Gesicht und dann den armen Wheelie in seiner misslichen Lage. Blitzschnell brachte er seinen Karabiner in Anschlag und durchtrennte die Leine genau zwischen Wheelie und der Bombe mit einem präzisen Treffer.

Wheelie landete auf seinen beiden Rädern am Boden. Ping sah Wheelies Befreiung auf dem Monitor und im nächsten Moment schoss das Shuttle auch schon mit Höchstgeschwindigkeit in den Himmel. „Alles okay?", rief Steve und stürzte auf Wheelie zu. „Ja, alles okay", antwortete dieser. „Danke", sagten sie gemeinsam zu Peter. Peter nickte. „So etwas kommt vor, wenn man schnell improvisieren muss", sagte er. Die Jäger signalisierten Peter kurz ihren Respekt mit einem anerkennenden Daumen nach oben. Es gab nicht viele, die zu solch einem Schuss in der Lage waren.

Peter hatte lange trainiert, um so gut zu werden, dass er die Teilnehmer seiner Expeditionen auch in den schwierigsten Situationen jederzeit schnell und zielsicher vor Angriffen gefährlicher Tiere schützen konnte. Die zur Verfügung stehende Zeit, um beispielsweise einen unerwarteten Bärenangriff aus nächster Nähe abzuwenden, kann bis zu unter einer Sekunde betragen. Diese Professionalität kam ihm heute zugute.

„Du hast deinen Kameraden gerettet", sagte Atommka zu Peter. „Ihr habt viel riskiert und alles gegeben. Das wäre selbst eines Elitesoldaten mehr als würdig gewesen! Und unser Kommandant riskiert nun sein Leben an meiner Stelle. Der beste Kommandant, den man haben kann. Die eine Hälfte der Mannschaft hat er schon aus Schwierigkeiten herausgehauen und die andere Hälfte vor Schwierigkeiten bewahrt, bevor sie hineingerieten. Alle nennen ihn nur Leu, Löwe, wegen seiner Führungsstärke und seiner Haartracht, seiner Mähne, die nie so ganz der Vorschrift entspricht. Oberst John „Leu" Gehdrey. Ein harter Bursche, aber er verlangt nichts von seinen Leuten, das er nicht selbst zu tun bereit ist. Darum geht auch jeder von uns für ihn durchs Feuer." Sie wirkte unter ihrer professionellen Fassade betrübt, denn sie glaubte nicht, ihn wiederzusehen. „Tut mir leid um Ping", sagte sie noch, „scheint ein anständiger Kerl zu sein." Sie sah auf ihre Uhr. „Noch dreißig Sekunden. Mach's gut, Leu!"

„Sie kehren zurück!", sagte Wheelie. „Ping schafft das! Ganz sicher. Er ist ein Toppilot!" Insgeheim machte er sich damit aber selber Mut. Peter und Steve sahen sich an. Sie kannten Pings Fähigkeiten, aber würde die Zeit reichen? Sie konnten nur abwarten und das Beste glauben.

Ping flog so weit, wie es nötig war, um die Atomwaffe sicher explodieren zu lassen und wie es die knappe Zeit zuließ. Fünf Sekunden vor der Detonation setzte er sie im Weltraum aus. Der Standortkommandant hatte auf dem Sitz des Co-Piloten Platz genommen. Die Fenster des Shuttles waren zum Schutz vor dem für die Augen gefährlichen, hellen Lichtblitz, den eine Atomexplosion mit sich bringt, allesamt komplett verdunkelt. Auf dem Monitor sahen sie den Sprengsatz hinter sich detonieren. „Auftrag ausgeführt!", sagte Ping zum Kommandanten. „Gute Arbeit, Major", entgegnete dieser. „Ich habe schon viel erlebt, aber so etwas noch nicht!" Er hatte nicht damit gerechnet, dass sie diesen Einsatz überleben würden.

„Spürst du schon etwas, Wheelie?", fragte Steve. „Nein", antwortete dieser ernst, „vielleicht sind sie einfach noch zu weit weg." Er wünschte sich inständig, dass es so wäre. Peter sah zu Boden. „Jetzt!", rief Wheelie plötzlich. „Es kribbelt! Juhuuu!" Zwei Sekunden später landete das Shuttle direkt vor ihnen. Ping und der Kommandant stiegen aus. „Die Mission war erfolgreich, die Nuklearwaffe ist wie geplant im All detoniert!", meldeten sie. Das Alarmsignal aus Pings Basis war erloschen.

Alle atmeten erleichtert auf. „Willkommen zurück, Leu", sagte Atommka. „Danke, Ping!" Ping nickte ihr zu. „Ich übernehme jetzt wieder das Kommando", sagte der Kommandant. „Aber natürlich", entgegnete sie froh. „Ihr müsst noch hierbleiben. Behaltet die Anlage im Auge. Aber wenn ihr zurück seid, lade ich euch ein!", rief der Kommandant seinen Männern zu. „Steigt ein", sagte Ping zum Kommandanten und zu Atommka, „ich bringe euch zurück." Wieder begaben sie sich ins Schiff. Ping startete und setzte sie am Stützpunkt ab. „So, und nun kümmere ich mich ums Wer", sagte er.

Steve und Wheelie holten noch rasch Peters Rucksack aus dem Bombenraum. Um das Marschgepäck der Jäger kümmerten sich die Soldaten selbst. Dann suchten sie zum dritten Mal Professor Murpelius auf. „Erst einmal Glückwunsch zur erfolgreichen Vereitelung des geplanten Anschlags!", sagte dieser. „Das war ein großer Sieg! Aber auch ich war zwischenzeitlich nicht untätig. Während sich die Spur der Hintermänner irgendwann im üblichen Nebel verliert, konnte ich herausbekommen, wer die Bombe deponiert hat. Und wer sie nicht deponiert hat. Es waren keine Angehörigen des Stützpunkts, sondern abtrünnige Söldner eines PMC, eines privaten militärischen Unternehmens. Details dazu durfte meine Kontaktperson aus Sicherheitsgründen selbst nicht erfahren. Immerhin, das sollte eine gute Nachricht für den Kommandanten sein. Aber ich konnte noch etwas herausfinden: Vier der Söldner befinden sich derzeit in einem Versteck in den Bergen. Dass der Anschlag misslungen ist, weiß man inzwischen, weil ja keine Detonation stattgefunden hat. Sie wissen aber nicht, dass der Nuklearsprengsatz zerstört wurde. Sie sollen ihn überprüfen." Ping bedankte sich beim Professor und nahm wieder Kurs auf den Militärstützpunkt.

„Das wird langsam zur Gewohnheit, was?", lachte der Kommandant mit einem kameradschaftlichen Unterton, als Ping vor seinem Dienstzimmer landete und ausstieg. „Komm mit", antwortete dieser, „ich habe etwas für dich." Der Kommandant ging an Bord und Ping flog in die Doline seiner Basis. Die Tore fuhren zur Seite und das Shuttle glitt in den Hangar. „Hier steckst du also. Donnerwetter, sehr beeindruckend!", sagte der Kommandant. „Ja, hier stecke ich. Willkommen", sagte Ping. „Ich missachte übrigens gerade alle nur erdenklichen Dienstvorschriften." „Da sind wir schon zwei!", entgegnete der Kommandant.

Peter, Steve und Wheelie mussten schmunzeln. Es war befreiend, die beiden alten Rivalen miteinander scherzen zu sehen.

Ping führte den Kommandanten in den Besprechungsraum und projizierte das große Hologramm über den Tisch. „Die gute Nachricht: Nach meinen Informationen war keiner deiner Leute in den geplanten Anschlag verwickelt. Es waren Söldner eines PMC. In den Bergen haben sie noch ein Nest." Er markierte den entsprechenden Bereich im Hologramm. „Sie wissen noch nicht, dass die Bombe zerstört wurde. Sie glauben, nur der Zünder hätte versagt. Sie werden also früher oder später wieder dort aufkreuzen." „Gut zu wissen!", sagte der Kommandant. „Ich danke dir."

Sie stiegen wieder ins Shuttle und Ping brachte den Kommandanten zu seinem Stützpunkt. „Eine Frage stellt sich noch", meinte Ping. „Wie machen wir beide jetzt weiter?" „Na ja", antwortete der Kommandant, „meine Befehle haben sich nicht geändert." „Dachte ich mir schon. Macht aber nichts", sagte Ping mit einem verschmitzten Lächeln. „Ihr kriegt mich sowieso nicht!" „Wir werden sehen", sagte der Kommandant und zwinkerte ihm zu.
Er entließ Steve und Peter aus seinem Kommando, trat einen Schritt zurück und salutierte zum Dank und aus Respekt vor ihnen. „Steve, Peter, wenn ich einmal irgendetwas für euch tun kann – jederzeit! Meldet euch", sagte er. „Danke, Oberst!" „Nennt mich Leu, wie alle", sagte der Kommandant. „Danke, Leu!", entgegneten beide. „Komm uns besuchen", sagte Steve, „und bring Atommka mit. Ihr seid immer gern gesehen!" „Mache ich. Übrigens, das war ein exzellenter Schuss, Peter!", fügte er noch hinzu.
Dann trat er vor Wheelie. „Du bist das mutigste, klügste, treueste, stärkste und schnellste Bike, das ich kenne, Wheelie", sagte er und salutierte. Wheelie strahlte. Er

hatte den bärbeißigen, alten Haudegen, der selbstlos tat, was richtig war und Kopf und Kragen für andere riskierte, längst schätzen gelernt. Feierlich winkelte er seine rechte Lenkerseite ab und legte Griff und Bremshebel dorthin, wo Menschen ihre Schläfe haben und erwiderte den Gruß. „Es wäre wohl klug, ein bisschen aufeinander aufzupassen, Ping", meinte der Kommandant, bevor er ausstieg. „Wir haben gemeinsame Feinde." „Sehe ich auch so, Leu", bekräftigte Ping. Dann reichten sich beide die Hand. „Wir überlegen uns was", sagte der Kommandant. „Ansonsten veranstalten wir eben unsere Manöver wie gewohnt. Es muss echt aussehen. Du verstehst?" „Ich verstehe", entgegnete Ping, „das wird es."

„Liebe Freunde", sagte Ping, als sie wieder alleine waren, „wie soll ich euch danken? Gibt es etwas, was ich für euch tun kann?" Steve und Wheelie sahen sich an. „Da wär' schon was", antworteten sie.
Die Karibus weideten friedlich auf der Ebene, als langsam eine fliegende Untertasse in die Herde schwebte und einen großen Berg weiß verkrusteter Steine von der Küste zwischen den Tieren verteilte. „Das ist für euch! Danke, dass wir mit euch wandern durften!", riefen Steve und Wheelie den Hirschen zu. „Lasst es euch schmecken!" Es dauerte nicht lange und die Rentiere hatten das Geschenk entdeckt und leckten freudig das kostbare Salz aus den Kuhlen.
Das Shuttle stieg langsam auf und zischte dann mit Ping, Peter, Steve und Wheelie davon, ein heller Punkt am Himmel. Sie holten das Kajak aus dem Versteck und Peter stellte sie dem neugierigen Oktopus vor. Dann flogen sie zu Steve und Wheelies Hütte und feierten bei frischgebackenem Bannock mit Erdnussbutter den glücklichen Ausgang ihres Abenteuers.

Copyright© Stefan Pastor

ENDE

dieser Fahrt